1. MiG-23ML (Flogger-G)

2. Tu-22M-3 (Backfire-C)

AILES ROUGES

Alexander M. Dzhus

EDITIONS ATLAS

Édité par :
France : ÉDITIONS ATLAS s.a.,
89, rue La Boétie, 75008 Paris.

Belgique : ÉDITIONS ATLEN s.a.,
avenue Georges Rodenbach, 4
1030, Bruxelles.

Traduction : Patrick Facon

Photographies

Introduction et fiches techniques

Dessins

Œuvre collective

Réalisation française : Garamond
Dépôt légal : janvier 1991
Imprimé à Hong Kong

ISBN : 2-7312-0993-8

Remerciements :

Je remercie les pilotes dont le professionnalisme a rendu ce livre possible : Y. Alpatyev, A. Arestov, V. Bazhenov, , V. Basov, S. Bezlyudny, A. Bokach, V. Bukin, V. Burukin, V. Bychkov, V. Vazhinsky, A. Verozub, S. Ganichev, B. Grigoryev, A. Dyatlov, R. Kaliyev, I Kirsanov, V. Kravets, V. Kravtsov, A. Kutuzov, A. Lichkun, A. Petrov, N. Rozhkov, I. Sakhnenko, A. Spitsa, V. Solovyov, V. Tikhenko, V. Shilin, N. Chaga et V. Yashin.
Je veux également remercier le colonel-général de l'armée de l'Air S. Golubev, le colonel-général de l'armée de l'Air I. Dmitriev, le colonel-général de l'armée de l'Air P. Deinekin, le colonel-général de l'armée de l'Air G. Laptev, le major-général de l'armée de l'Air V. Longvinenko et le colonel V. Ivanov qui ont apporté une aide précieuse à la préparation des vols.
Enfin, tous mes remerciements à A. Tarasova et G. Drugoveiko.

Alexander Dzhus

Sommaire

3. Su-17M-4 (Fitter-M)

Introduction

par John W. R. Taylor, ancien rédacteur en chef du *Jane's all the World's Aircraft*

Jamais, auparavant, un tel livre n'avait été édité. Depuis que, le 13 mai 1913, le premier quadrimoteur jamais conçu — en l'occurrence par Igor Sikorsky — a volé, les ingénieurs soviétiques ont réalisé de remarquables appareils. Mais, malheureusement, les photographies qu'en ont publiées les autorités soviétiques ne présentent pas la qualité de celles des avions occidentaux produits depuis la fin de la Seconde Guerre mondiale, époque où l'aéronautique est entrée de plain-pied dans l'ère de la propulsion à réaction.

Personne ne doutait pourtant des capacités de ceux qui dirigeaient les célèbres bureaux d'études MiG, Tupolev et Iliouchine. Cependant, les photographies des avions en service dans l'aviation militaire soviétique étaient d'une qualité si déplorable — et les retouches qu'elles avaient subies si nombreuses — que les journalistes désespéraient d'en obtenir un jour certaines qui soient véritablement utilisables.

La glasnost a changé bien des habitudes. Comme le montre cet ouvrage, une nouvelle génération de photographes aéronautiques a fait son apparition en Union soviétique, rassemblant des spécialistes parfaitement compétents, capables de réaliser des clichés d'excellente qualité. Par ailleurs, aucune restriction n'a été apportée au magnifique travail de professionnel présenté ici par Alexander Dzhus, qui a été autorisé à photographier aussi bien des appareils comme le MiG-21, le Su-15 et le Yak-28, entrés en service depuis des décennies et toujours utilisés en seconde ligne, que les machines ultrasophistiquées apparues depuis peu dans les forces aériennes soviétiques.

La majorité des photographies publiées ici représentent des avions évoluant dans leur élément naturel : l'air. Quelques-unes ont été prises à partir de biplaces, lors de vol en formation ou d'acrobaties. Les lecteurs qui connaissent un peu la technique utilisée par les photographes aéronautiques n'ignorent pas la difficulté qu'il y a à réaliser des clichés bien contrastés et parfaitement nets lorsqu'on se trouve à bord d'un avion lancé dans des évolutions serrées et qu'on subit l'accélération de la pesanteur.

Il ne sera jamais possible de disposer de bonnes photographies du quadrimoteur de Sikorsky, appareil réalisé en 1913 qui donna naissance au bombardier Ilia Mourometz, utilisé dans des escadrilles spécialisées pendant la Première Guerre mondiale. Mais, dans cet ouvrage, le lecteur découvrira de très beaux clichés du Tupolev Tu-160 « Blackjack », le plus massif et le plus rapide des avions stratégiques actuels. Le Tu-160, tout comme ses prédécesseurs soviétiques le Tu-22M, le Tu-95 et le Tu-142, ainsi que leurs équivalents occidentaux le B-52 et le Vulcan, ont contribué, au cours des quatre dernières décennies, à maintenir la paix dans un monde en proie à la crainte de l'apocalypse atomique.

Aujourd'hui, les bombardiers soviétiques et occidentaux, ainsi que les équipages qui servent à leur bord, symbolisent la détermination des deux blocs en présence à soutenir la cause de la paix et de la justice... Mais ce livre parle d'avions, et non pas de stratégie militaire ou de politique.

A l'instar des avions actuels les plus sophistiqués, le Tu-160 se caractérise par une voilure à flèche variable. Au décollage, ladite voilure est maintenue à sa flèche minimale, soit 20°, afin de permettre à l'appareil, dont la masse atteint 275 000 kilos, de prendre l'air avec à son bord douze missiles de croisière aéroportés, vingt-quatre missiles d'attaque à courte portée et diverses autres charges. En vol de croisière, soit presque à deux fois la vitesse du son, les ailes du « Blackjack » accusent un angle de flèche de 65°.

Beaucoup plus long (20 %) que son équivalent américain le B-1B Lancer, le Tu-160 vole aussi beaucoup plus vite et beaucoup plus loin que ce dernier. Le 15 mai 1990, le quatorzième « Blackjack » de série a bouclé un circuit de 1 000 kilomètres à la vitesse de 1 720 kilomètre/heure en emportant une charge de 30 000 kilos, battant à cette occasion neuf records du monde.

Le 9 mai 1990, équipé d'un des réacteurs du type R de 245 kN qui propulsent le Tu-160, un « Bear » expérimental turbopropulsé portant la désignation de Tu-142LL s'est adjugé lui aussi plusieurs records mondiaux. Cet appareil monta en effet à l'altitude de 6 000 mètres en 4 minutes 23 secondes, puis à celle de 9 000 mètres en 6 minutes 3 secondes. Par la suite, il parvint à se maintenir en vol horizontal à l'altitude de 12 500 mètres.

Le Tu-160 n'est rien moins que l'aboutissement d'une remarquable évolution en matière de bombardiers stratégiques. Au cours des années cinquante, l'aviation militaire soviétique ayant réclamé la réalisation d'un avion comparable au B-47, en service dans l'US Air Force, capable de rivaliser avec le B-52 Stratofortress, alors en phase de développement, le bureau d'études d'Andreï Tupolev conçut le Tu-16 et le Tu-95. Ces avions furent présentés pour la première fois au public lors des Journées de l'aviation soviétique de 1954 et de 1955, provoquant une immense surprise dans le camp occidental.

Personne ne doutait alors que le biréacteur Tu-16 serait produit en très grande série. De fait, plus de deux mille exemplaires de cet appareil furent livrés à l'aviation stratégique et à l'aéronautique navale soviétiques en un très grand nombre de versions. Seule la variante de ravitaillement en vol de cette machine est représentée ici, le Tu-16 ayant cessé d'être assemblé depuis de nombreuses années.

Quand le Tu-16 fit son apparition, les stratèges aériens occidentaux estimaient qu'un appareil aussi massif et apparemment obsolète — n'était-il pas doté de turbopropulseurs ? — ne resterait pas longtemps en service et qu'il serait sans doute très vite remplacé par le quadriréacteur Myaschichtchev « Bison ». L'idée selon laquelle des machines turbopropulsées étaient forcément limitées par rapport à des avions à réaction et que le seul véritable avantage qu'elles offraient consistait en une consommation en carburant moins élevée était largement répandue. Cette opinion évolua quand le Tu-95 commença à accumuler des records mondiaux et qu'il afficha une telle distance franchissable que les responsables de l'aviation militaire soviétique le préférèrent au « Bison ».

La plupart des deux cents « Bison » assemblés furent assez rapidement transformés en avions de reconnaissance maritime et en citernes volantes, les Soviétiques ayant reconnu l'intérêt des appareils de ravitaillement en vol pour l'accroissement du rayon d'action de leurs bombardiers stratégiques. Dans un premier temps, ils utilisèrent un système consistant en une tuyauterie montée à l'extrémité de la voilure d'un Tu-16 permettant le transfert du carburant à un réceptacle placé à l'extrémité de la voilure de l'avion récepteur. Puis ils adoptèrent le système Probe and Drogue, expérimenté par la société britannique Flight Refuelling et installé sur la citerne volante M-3 « Bison ». S'il est toujours en service, ce dernier est en train d'être remplacé par l'Il-78, qui peut ravitailler trois avions simultanément.

Quant au Tu-95, il avait démontré lui aussi d'étonnantes capacités, et l'avionique, les radars ainsi que les armes diversifiées qu'il était en mesure d'emporter permirent aux Soviétiques de l'employer aussi bien pour des missions terrestres que maritimes. Pour toutes ces raisons, le bureau d'études Tupolev décida d'en extrapoler une version entièrement modernisée, dotée d'une nouvelle voilure et d'un fuselage rallongé, le Tu-142. Ainsi le « Bear » se distingue par le fait qu'il est le seul avion de combat actuellement en service à avoir été produit de manière continue pendant plus de trente-cinq ans. A l'instar des bombardiers modernes des années quatre-vingt et quatre-vingt-dix, il peut emporter à présent des missiles de croisière montés sur un lanceur rotatif.

La réussite du bureau d'études Tupolev en matière de bombardiers est comparable à celles qu'ont obtenues d'autres organismes de ce type dans le domaine des avions de transport et des hélicoptères ou à celle de Mikoyan et de Sukhoi en ce qui concerne les chasseurs. S'il est certain que, dans un passé assez récent, les ingénieurs soviétiques étaient nettement inférieurs à leurs homologues occidentaux, la chose n'est plus vraie à l'heure actuelle, comme le montre la réalisation du MiG-29 « Fulcrum » et du Su-27 « Flanker ». Les qualités d'avions rustiques et robustes tels que le MiG-21 « Fishbed » n'en doivent pas être pour autant sous-estimées tant il est vrai que des machines de ce type affichent un taux de disponibilité étonnamment élevé dans les pays du tiers monde, pourtant sous-équipés, où elles servent aujourd'hui.

Le rôle qu'a joué le MiG-15, ancêtre des avions à réaction plus modernes conçus par la suite par le bureau d'études Mikoyan, est certain, comme le montrait en 1986 une brochure éditée par le GIFAS (Groupement des industries françaises aéronautiques et spatiales). N'y lit-on pas que le chasseur soviétique, du fait de la simplicité de sa construction et de sa robustesse, a fortement impressionné l'état-major de l'armée de l'air ? Le secrétariat d'État aux forces armées Air français n'a-t-il pas émis, dès 1952, une spécification relative à un appareil de même taille capable de monter à l'altitude de 18 000 mètres en six minutes? Dans le même temps, les autres nations occidentales poursuivaient des objectifs similaires avec la mise au point d'appareils tels que le Folland Gnat (Royaume-Uni), le Fiat G-91 (Italie) et le Douglas A-4 (États-Unis).

La guerre aérienne ayant évolué de façon extrêmement impressionnante, le MiG-29 et le Su-27 ne pouvaient être d'une conception aussi rudimentaire que leurs prédécesseurs. Affichant des performances et des capacités incomparables, ces avions sont dotés des systèmes embarqués les plus modernes, comme des systèmes de balayage et de poursuite à infrarouge, grâce auxquels ils peuvent détecter et attaquer des appareils ennemis en se fondant sur leurs seules émissions thermiques et sans utiliser leur radar de bord, générateur d'ondes susceptibles d'être détectées par l'ennemi. Le fait est d'autant plus remarquable que, après avoir adopté des appareillages de ce type sur leurs chasseurs, les Occidentaux y avaient renoncé. Pourtant, les systèmes de balayage et de poursuite à infrarouge offrent d'incontestables avantages dans le domaine de la furtivité, des avantages aussi intéressants que ceux que permettent les techniques ultra-sophistiquées et coûteuses mises en œuvre sur les chasseurs furtifs américains actuellement en cours de développement.

Aujourd'hui, la lutte entre la lance et le bouclier à laquelle se sont livrés l'Est et l'Ouest quatre décennies durant semble appartenir à un passé révolu. Les responsables des forces aériennes soviétique, américaine et française ont été autorisés à voler à bord des avions de chasse les plus récents de leurs adversaires d'hier. Les chasseurs soviétiques se sont produits au Bourget, à Farnborough et aux États-Unis, où ils ont déclenché l'enthousiasme des foules. Des compagnies aériennes australiennes, canadiennes et européennes louent des An-124 pour des vols de charters.

Qu'un tel livre ait pu être réalisé est la preuve de l'évolution qu'ont subie les mentalités au cours des

Alexander M. Dzhus

J'ai rencontré Alexander M. Dzhus pour la première fois il y a une quinzaine d'années, alors que je commandais les forces aériennes de Transbaïkalie. Un jour, un jeune homme de grande taille entra dans mon bureau, avec un appareil photographique à la main, et me dit : "Je veux faire des clichés d'avions de combat en vol. Il faut que vous m'aidiez."

A l'époque, la situation était des plus compliquées, car les photographes aéronautiques n'étaient pas autorisés à voler à bord des avions militaires. Aucune relation entre la photographie artistique et l'aviation militaire n'existait, ce qui était navrant. Établir de telles relations était une tâche difficile, mais je fus conquis par la fougue avec laquelle mon compatriote défendit son point de vue.

J'écoutais avec attention l'audacieux photographe et, me rendant compte que jamais il ne renoncerait à son projet, je décidai de l'aider du mieux que je pourrais à obtenir son autorisation de vol. En dépit du poste élevé que j'occupais dans la hiérarchie militaire, il me fallut du temps et de la patience pour répondre aux attentes de Dzhus, mais je ne devais jamais regretter la démarche que j'avais entreprise. Non seulement mon jeune ami renouvela l'art de la photographie d'aviation soviétique, mais il le porta à des sommets jamais atteints auparavant. Aujourd'hui, de nombreux photographes ont eu la permission de voler à bord d'avions de combat, mais aucun ne surpasse Alexander Dzhus. Trouvant sans cesse de nouvelles approches et de nouveaux sujets, il a su faire preuve dans son travail d'un rare sens psychologique.

Chaque photographie réalisée par Dzhus est en soi une œuvre d'art. Mais personne ne saura jamais les difficultés auxquelles il fut confronté pour parvenir à ses fins. En photographiant des avions, il prenait en fait des clichés des pilotes, et il lui fallut longtemps pour trouver ses personnages principaux. En fait, Dzhus ne fait pas que photographier des machines volantes, il vit sur les bases aériennes pendant de longs mois, noue des relations amicales avec les pilotes et échange avec eux des idées. Ce n'est que quand il les connaît bien qu'il prend l'air avec eux. Aussi, quand il vole, se sent-il avec des amis. En vol, le pilote et le photographe se comprennent sans la moindre difficulté : ils sont les membres d'une même équipe, et c'est ensemble qu'ils créent une photographie, unis dans la même volonté de fixer sur la pellicule les meilleurs moments.

Les photographies qui figurent dans ce livre ont été réalisées au cours des années récentes, mais elles sont le résultat d'une expérience remontant à quinze ans au cours desquels Dzhus a vécu au sein de l'aviation militaire soviétique.

Colonel général des forces aériennes en retraite
Igor Dimitrïev, président de l'Association
pour l'innovation en Union soviétique

Né à Khabarovsk, une ville située dans la partie la plus orientale de l'Union soviétique, Alexander Dzhus revit sa région d'origine des années plus tard, à l'occasion d'un reportage effectué pour le compte d'un magazine moscovite. Durant trois décennies, le jeune photographe avait vécu dans des provinces toutes proches, notamment à Kurgan, en Sibérie, et à Chita, près du lac Baïkal, terre de ses ancêtres kazakhs.

Obligé de travailler dès l'âge de quinze ans, après la mort de son père, Alexander Dzhus, devenu chef de famille, aida sa mère du mieux qu'il put. Après avoir effectué son service militaire, il suivit des cours par correspondance, puis choisit la carrière qu'il poursuit à l'heure actuelle : celle de photographe.

Il lui fallut des années pour trouver le style qui reflète si bien sa personnalité profonde. Dzhus n'aime pas les fleuves tranquilles, il leur préfère les cascades et les torrents impétueux. Aussi n'est-il pas étonnant qu'il ait choisi de s'intéresser à l'aviation militaire.

Ses premières photographies, Dhzus les réalisa à bord d'un chasseur à réaction, au-dessus du lac Baïkal, il y a une dizaine d'années. Pugnace — peut-être même est-il borné dans sa volonté de parvenir à ses fins —, le jeune homme, après avoir passé une visite médicale, a pu accomplir son premier vol à bord d'un avion de la force aérienne soviétique. Ses clichés furent ensuite reproduits dans un livre rassemblant les meilleures photographies prises par des journalistes soviétiques dans l'année écoulée. Plus tard, Dzhus s'installa à Moscou et y travailla pour le magazine *Aviatsia & Kosmonavtika* (« Aviation et espace »).

Agé à présent de trente-sept ans, Alexander Dzhus entretient depuis des années des liens étroits avec Planeta, qui a publié deux livres de lui : *Aral, the Face of the Catastrophe* et *Forever Alive*, ce dernier étant consacré à la poétesse russe Anna Akhmatova.

5. MiG-23 (Flogger)

7. MiG-23MF (Flogger-B)

6. MiG-23 (Flogger)

8. MiG-23ML (Flogger-G)

9. MiG-23ML (Flogger-G)

10–15. MiG-23ML (Flogger G)

MiG-25R (Foxbat-D)

17–19. MiG-25
(Foxbat)

20. MiG-25 (Foxbat)

21. MiG-27BN (Flogger-H) & MiG-23UM (Flogger-C)

22. MiG-29 (Fulcrum)

23. MiG-29 (Fulcrum-A)

24. MiG-29 (Fulcrum-A)

25. MiG-29 (Fulcrum-C)

26. MiG-29 (Fulcrum-A)

27–29. MiG-29 (Fulcrum-A)

30. MiG-29 (Fulcrum-A)

31–33. MiG-29 (Fulcrum-A)

34. MiG-29 (Fulcrum-A)

35. MiG-29 (Fulcrum-A) 36. MiG-29s, Tu-160, Il-78 & Mi-26 (Fulcrum-A, Blackjack, Midas & Halo)

37. MiG-29 (Fulcrum-A)

38. MiG-29 (Fulcrum-A)

39. MiG-29 (Fulcrum-A)

40. MiG-29 (Fulcrum-A)

41–43. MiG-29 (Fulcrum-A)

44-45. MiG-29 (Fulcrum-A)

46. MiG-29 (Fulcrum-B)

47. MiG-29 (Fulcrum-A)

48–49. MiG-29 (Fulcrum-A)

50. MiG-29 (Fulcrum-A)

51. Su-17M-4 (Fitter-K)

52. Su-17 (Fitter-C)

53. Su-17 (Fitter)

76

56. Su-17M-4 (Fitter-K)

3761123598504

57–58. Su-17M-4 (Fitter-

59. Su-17 (Fitter)

60. Su-17 (Fitter-C)

61. Su-17UM (Fitter-G)

62. Su-17M-4 (Fitter-K)

63. Su-17M-4 (Fitter-K)

64. Su-24MK (Fencer-D)

65. Su-25K (Frogfoot-A)

66. Su-25K (Frogfoot-A)

86

67–69. Su-25K (Frogfoot-A)

70. Su-25K (Frogfoot-A)

71. Su-27 (Flanker-B)

72. Su-27 (Flanker-B)

73. Su-27 (Flanker-B)

74–75. Su-27 (Flanker-B)

76. Su-27 (Flanker-B)

77–78. Su-27 (Flanker-B)

79. Su-27 (Flanker-B)

80–81. Su-27 (Flanker-B)

82. *Tbilisi*

113

83. Su-27 (Flanker-D)

84–86. Su-27 (Flanker-D)

87–88. Su-27 (Flanker-D)

89–90. Su-27 (Flanker-D)

ТП9

56

91–92. Yak-38 (Forger-A)

93–94. Tu-22 (Blinder-B)

95–97. Tu-22 (Blinder-B)

98. Tu-22M-2 (Backfire-B)

56

99–100. Tu-22M-2 (Backfire-B)

56

101. Tu-95 (Bear-G)

102–103. Tu-95 (Bear)

104. Tu-95 (Bear)

105. Tu-142 (Bear-H)

106. Tu-160 (Blackjack-A)

107. Tu-160 (Blackjack-A)

108–111. Tu-160 (Blackjack-A)

112. Tu-160 (Blackjack-A)

113. Tu-160 (Blackjack-A)

114. Tu-160 (Blackjack-A)

115–116. Tu-160 (Blackjack-A)

117. Tu-16R (Badger-F)

26

118. M-3 (Bison) & Tu-95 (Bear)

119. M-3 (Bison)

120. Il-78 (Midas)
& Tu-95 (Bear)

78632

121–122. An-124 (Condor)

123. An-124 (Condor)

125. An-22 (Cock)

124. An-124 (Condor)

126. An-22 (Cock)

127. An-12 (Cub-C)

128. Il-76MD (Candid-B)

129. Il-76MD (Candid-B)

130. Il-76MD (Candid-B)

131. Mi-8TBK (Hip-E)

132. Mi-8 (Hip)

56

133. Mi-8 (Hip)

134. Mi-24W (Hind-E)

135–136. Mi-24W (Hind-E)

137. Mi-24W (Hind-E) &
Mi-24 (Hind-G)

138. Mi-26 (Halo)

139. Ka-25BSh (Hormone-A) & Be-12 (Mail)

140. Be-12 (Mail)

141. Be-12 (Mail)

Caractéristiques techniques

Mikoyan-Gourevitch MiG-23
Nom de code OTAN : « Flogger »
Type : chasseur de combat aérien à géométrie variable
Premier vol : 1967
Nombre en service estimé : 1 800.
Versions
MiG-23MF « Flogger-B » : monoplace de chasse doté d'un réacteur à postcombustion Toumansky R-29B de 122 kN ; radar « Highlark » travaillant en bande J ; premier chasseur soviétique disposant d'une capacité de haute dénivelée ; entré en service en 1975 en vue de remplacer le MiG-23M.
MiG-23UM « Flogger-C » : biplace d'entraînement doté d'un réacteur à postcombustion Toumansky R-27 de 100 kN.
MiG-23ML « Flogger-G » : version allégée du MiG-23MF dotée d'une arête dorsale, d'un radar allégé et d'un réacteur R-35F, mais dépourvue de réservoir de carburant arrière.
MiG-23MLD « Flogger-K » : version du MiG-23ML dotée d'une quille ventrale repliable, d'un nouveau système IFF, de points d'attache de voilure pivotants et de missiles AA-11 « Archer ».
Caractéristiques du « Flogger-G »
Réacteur : 1 Toumansky R-35F-300 à postcombustion de 127 kN
Envergure ailes en flèche minimale : 13,96 m
Envergure ailes en flèche maximale : 7,77 m
Longueur, perche de nez exclue : 15,88 m
Hauteur : 4,82 m
Masse maximale au décollage : de 14 800 à 17 800 kg
Vitesse maximale en vol horizontal : 2 500 km en altitude ; 1 400 km/h au niveau de la mer
Plafond opérationnel : 18 000 m
Rayon d'action de combat : 1 150 km, avec 6 missiles air-air ; 700 km, avec une charge offensive de 2 000 kg
Équipement opérationnel et armement : radar multimode travaillant en bande J, capteur infrarouge, détecteur d'alerte radar, lance-leurres thermiques et éjecteur de paillettes ; 1 canon de 23 mm à deux tubes ; missiles air-air à infrarouge AA-8 « Aphid » et à guidage radar semi-actif AA-7 « Apex » ; charge offensive de 3 000 kg (bombes, roquettes et autres armes) en mission d'attaque au sol.
Illustrations
9 • MiG-23 évoluant en formation au soleil couchant.
10-15 • Formation de MiG-23 photographiée pendant une boucle.

Mikoyan-Gourevitch MiG-25
Nom de code OTAN : « Foxbat »
Type : chasseur d'interception et de reconnaissance
Premier vol : 1964
Nombre en service estimé : 550.
Versions
MiG-25R « Foxbat-B » et « D » : version de reconnaissance non armée, dotée de caméras et d'un radar à balayage latéral ; pas de système de conduite de tir ni de radar.
MiG-25U « Foxbat-C » : version d'entraînement biplace dépourvue de radar.
MiG-25M « Foxbat-E » : version d'interception monoplace conçue pour le vol à grande vitesse à haute altitude et dotée d'un radar possédant des capacités limitées de haute dénivelée ; usinée en alliage de nickel et dotée d'ailes en titane.
« Foxbat-F » : version identique au MiG-25M, mais dotée de missiles antiradar AS-11 « Kilter » utilisables à distance de sécurité ; panneaux diélectriques sur chaque flanc de la pointe avant ; entrée en service : 1988.
Caractéristiques du « Foxbat-E »
Réacteurs : 2 Toumansky R-15BD-300 à postcombustion de 110 kN
Envergure : 13,95 m
Longueur : 23,82 m
Hauteur : 6,10 m
Masse maximale au décollage : 37 425 kg
Vitesse maximale en vol horizontal : 3 000 km/h en altitude ; 1 050 km/h au niveau de la mer

MiG-23 (Flogger-K)

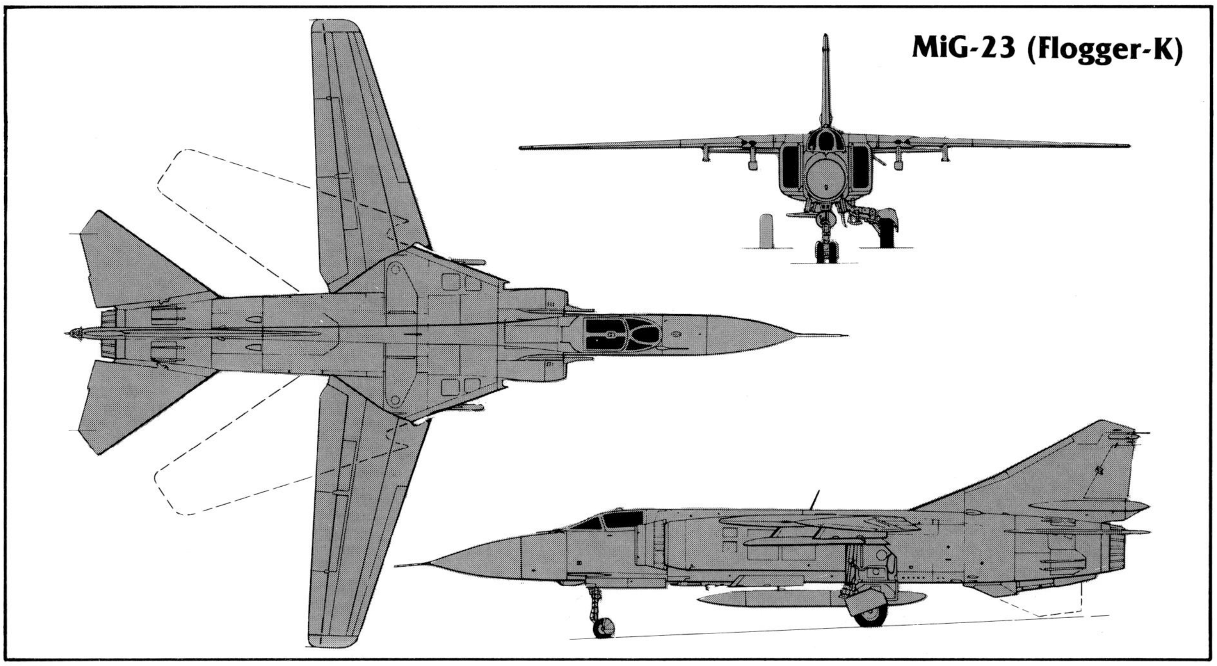

MiG-25 (Foxbat-E)

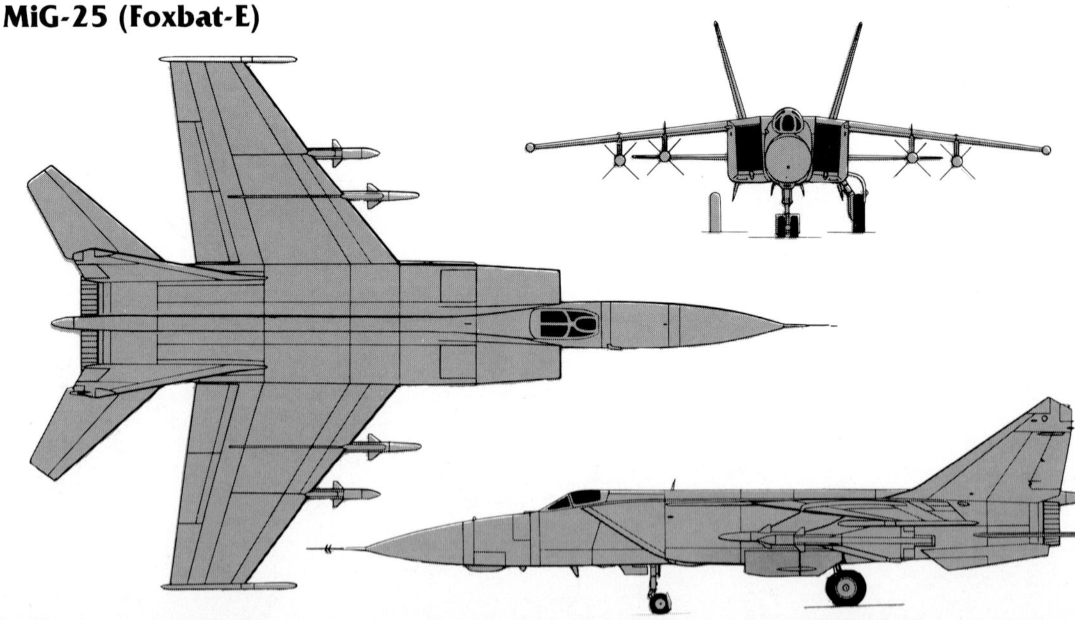

Plafond opérationnel : 24 500 m
Rayon d'action de combat : de 1 130 à 1 450 km
Équipement opérationnel et armement : radar « Foxfire », capteurs à infrarouge, détecteur d'alerte radar, système de contre-mesures électroniques et lance-leurres thermiques ; 2 missiles AA-6 « Acrid » à guidage radar semi-actif ou 2 AA-7 « Apex » et 4 AA-8 « Aphid » ou bien des AA-11 « Archer ».

Mikoyan-Gourevitch MiG-27
Nom de code OTAN : « Flogger »
Type : avion d'attaque
Premier vol : inconnu
Nombre d'exemplaires en service : 825.
Versions
MiG-27 « Flogger-D » : cellule de base identique à celle du MiG-23 ; siège survélevé en vue d'améliorer le champ visuel du pilote ; habitacle blindé et pneus à basse pression ; entrées d'air du réacteur fixes et tuyère de postcombustion à géométrie variable ; entrée en service, seconde moitié des années soixante-dix.
MiG-27M « Flogger-J » : nez modifié avec carénage abritant un désignateur à laser ; nouveau système IFF et blindages d'habitacle démontés ; extensions d'emplantures d'ailes.
Caractéristiques du « Flogger-J »
Réacteur : 1 Toumansky R-29B-300 de 112,8 kN à postcombustion
Envergure avec flèche minimale : 13,96 m
Envergure avec flèche maximale : 7,77 m
Longueur : 17,10 m
Hauteur : 4,82 m
Masse maximale au décollage : de 18 100 à 20 700 kg
Vitesse maximale : Mach 1,1 au niveau de la mer ; Mach 1,77 en altitude
Plafond opérationnel : 14 000 m
Rayon d'action de combat : 400 km avec une charge de bombes de 2 000 kg et 2 missiles air-air AA-2 « Atoll »
Équipements opérationnels et armement : télémètre-désignateur à laser ; radar télémétrique, détecteur d'alerte radar et éjecteurs de leurres ; 1 canon de 23 mm à 6 tubes et charge offensive de 4 500 kg (bombes nucléaires tactiques et bombes classiques, missiles AS-7 « Kerry », AS-10 « Karen », AS-12 « Kegler » ou AS-14 « Kedge ».

Mikoyan-Gourevitch MiG-29
Nom de code OTAN : « Fulcrum »
Type : chasseur de supériorité aérienne
Premier vol : fin des années 1970
Nombre d'exemplaires en service : plus de 500.
Versions
MiG-29 « Fulcrum-A » : version de base monoplace avec quilles ventrales au départ et lance-leurres sur l'extrados de voilure ;
radar à capacité de haute dénivelée et entrées d'air dotées de trappes mobiles afin d'éviter l'ingestion de débris au moment du décollage.
MiG-29UB « Fulcrum-B » : version d'entraînement au combat dotée d'un radar télémétrique ; points d'attache sous voilure conservés.
MiG-29 « Fulcrum-C » : version du « Fulcrum-A » au fuselage modifié, avec équipements plus nombreux.
MiG-29 « Fulcrum-? » : version embarquée du « Fulcrum-A » observée pour la première fois en 1989, avec panneaux extérieurs de voilure repliables et système de mesures de soutien électronique ; capacité d'emport en carburant plus importante et système de ravitaillement en vol ; destiné à servir sur les porte-aéronefs de la classe Tbilissi.
Caractéristiques du « Fulcrum-A »
Réacteurs : 2 Isotov RD-33 à double flux augmenté de 81,4 kN
Envergure : 11,36 m
Longueur, perche de nez incluse : 17,32 m
Hauteur : 4,73 m
Masse maximale au décollage : 18 000 kg
Vitesse maximale : Mach 2,3 en altitude ; Mach 1,06 au niveau de la mer
Plafond opérationnel : 17 000 m
Distance franchissable maximale : 2 100 km
Équipements opérationnels et armement : radar Doppler à impulsions, système de poursuite et de recherche à infrarouge, télémètre-désignateur à laser asservi au viseur de casque du pilote, détecteur d'alerte radar, contre-mesures électroniques, lance-leurres ; 1 canon de 30 mm ; 6 missiles air-air AA-10 « Alamo » ou AA-11 « Archer » ; bombes et roquettes pour les missions d'attaque au sol.
Illustrations
28 • Formation de MiG-29 au décollage. Au sol, Tu-160 et Il-78.
45 • Pilote dans un habitacle de MiG-29.
47 • Mise en place d'un missile air-air sur un MiG-29.
48 • MiG-29 au sommet d'une boucle.
49 • Tir de missiles air-air Aphid à partir d'un MiG-29.
50 • Équipe d'instructeurs de pilotage de MiG-29.

Sukhoi Su-17
Nom de code OTAN : « Fitter »

MiG-27 (Flogger-J)

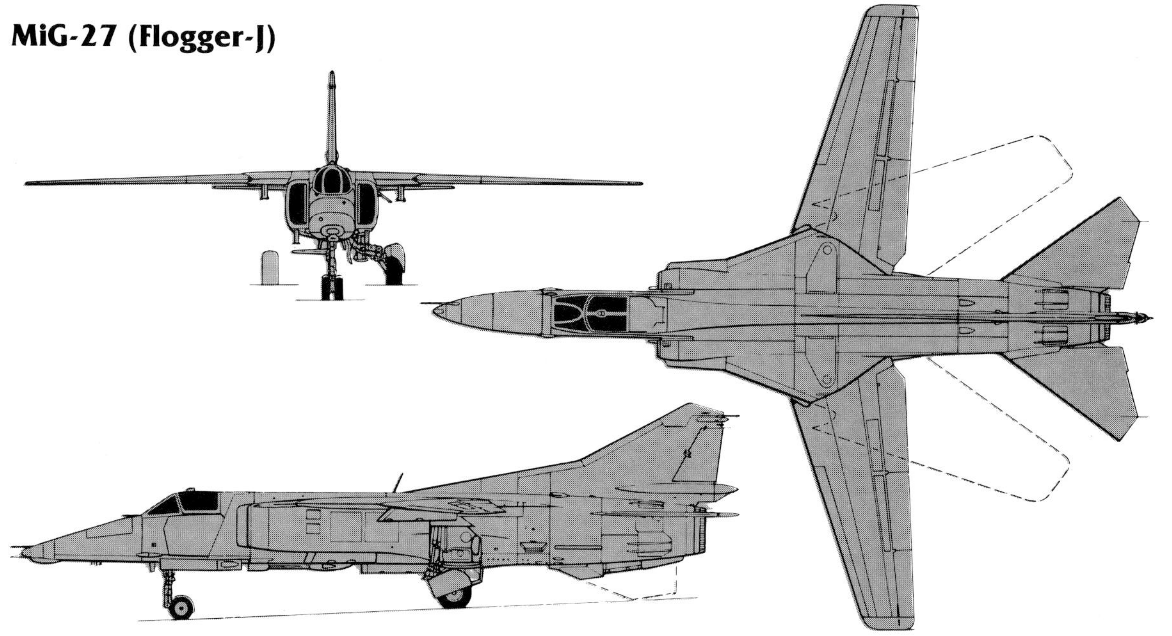

MiG-29 (Fulcrum-A)

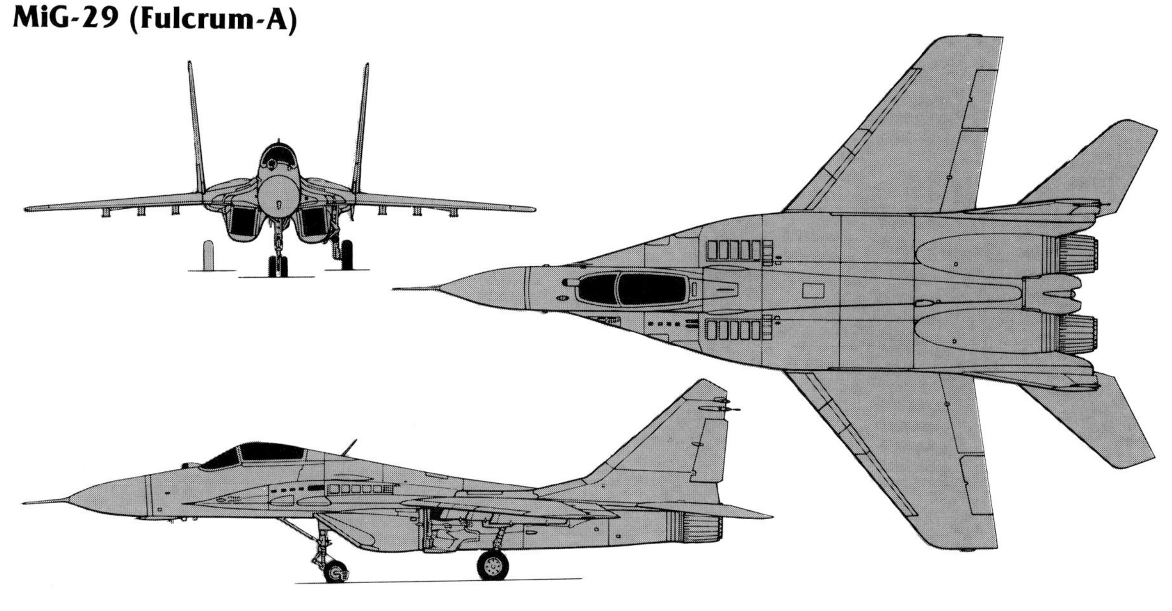

Type : avion d'attaque
Premier vol : 1967
Nombre d'exemplaires en service : 1 125.

Versions

Su-17 « Fitter-C » : version de base entrée en service opérationnel en 1971 et dotée d'une voilure pouvant être réglée aux angles de flèche de 28°, 45° ou 62°.
Su-17M « Fitter-D » : version au fuselage rallongé de 38 cm et au nez incliné de 3° afin d'améliorer le champ visuel du pilote ; Doppler de navigation et télémètre à laser.
Su-17U « Fitter-E » : version d'entraînement biplace en tandem dépourvue de Doppler de navigation et dotée d'une arête dorsale renfermant un réservoir de carburant.
Su-17UM « Fitter-G » : version biplace possédant de pleines capacités opérationnelles et dotée d'une quille ventrale démontable ; télémètre à laser.
Su-17M-1 et Su-17M-3 : le Su-17M-1 est une version monoplace améliorée possédant les mêmes caractéristiques que celles du Su-17UM ; Doppler de navigation dans le nez et 2 canons ; 165 « Fitter-H » et « K » sont employés pour des missions de reconnaissance avec une nacelle de capteurs ventrale, des contre-mesures électroniques et 2 réservoirs de carburant sous voilure ; le Su-17M-3 dispose d'une avionique modernisée et de missiles air-air d'autodéfense.
Su-17M-4 « Fitter-K » : version monoplace caractérisée par des entrées d'air de petites dimensions en avant de l'arête dorsale.

Caractéristiques du « Fitter-K »

réacteur : 1 Lyulka AL-21F-3 à postcombustion de 110 kN
Envergure avec flèche minimale : 13,80 m
Envergure avec flèche maximale : 10 m
Longueur, perche de nez incluse

Su-17 (Fitter-K)

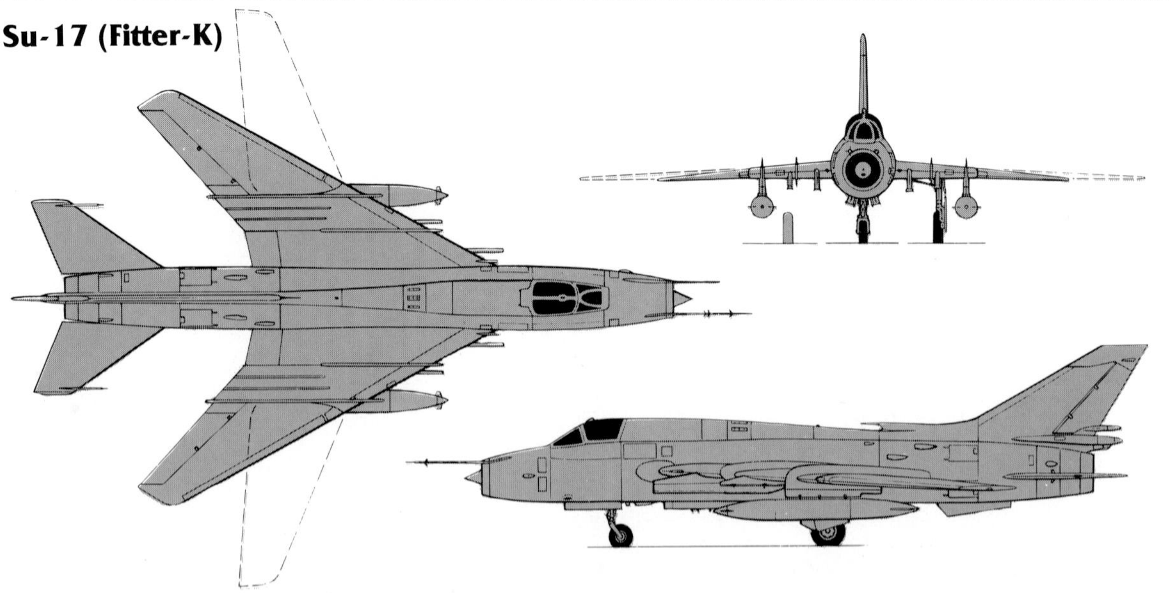

(« Fitter-C ») : 18,75 m
Hauteur (« Fitter-C ») : 5 m
Masse maximale au décollage : 19 500 kg
Vitesse maximale : Mach 2,09 en altitude ; Mach 1,14 au niveau de la mer
Plafond opérationnel : 15 200 m
Distance franchissable maximale : 2 300 km.
Équipements opérationnels et armement : radar « High Fix » en bande I, détecteur d'alerte radar et lance-leurres ; 2 canons de 30 mm dans les emplantures d'ailes ; charge offensive de 4 250 kg (missiles air-air AA-2 « Atoll », AA-8 « Aphid » ou AA-11 « Archer », armes nucléaires, roquettes, missiles air-sol, canons de 23 mm en nacelle, bombes ou nacelle de reconnaissance).

Illustrations
51 • Pilote de Su-17M-4 se préparant pour une mission.
54 • Pilote dans l'habitacle d'un Su-17, avec un Su-17UM (« Fitter-G ») biplace au second plan.
59 • Décollage nocturne d'un Su-17 avec utilisation de la post-combustion.
63 • Su-17 tirant une roquette.

Sukhoi Su-24
Nom de code OTAN : « Fencer »
Type : avion d'attaque tactique et stratégique
Premier vol : 1969 ou 1970
Nombre d'exemplaires en service : 800.

Versions
« Fencer-A » : version de base caractérisée par un arrière de fuselage de forme rectangulaire au-dessus des tuyères d'éjection des réacteurs et connue sous l'appellation initiale de Su-19.
« Fencer-B » : version extrapolée du « Fencer-A » et dotée d'un logement de parachute de freinage plus volumineux.
« Fencer-C » : version mise en service en 1981, caractérisée par un carénage de détecteur d'alerte radar triangulaire et un empennage vertical modifié.
« Fencer-D » : première version dotée d'une perche de ravitaillement en vol ; capteur optronique, perche de nez rallongée et cloisons d'extrados de voilure.
« Fencer-E » : version de reconnaissance maritime dotée de missiles air-surface et utilisée par l'aviation du Front ainsi que par l'aéronautique navale soviétiques.
« Fencer-? » : version de guerre électronique et d'espionnage électronique destinée à remplacer le « Brewer-E ».

Caractéristiques du « Fencer-D »
Réacteurs : 2 Lyulka AL-21F-3A à postcombustion de 110 kN
Envergure avec flèche minimale : 17,63 m
Envergure avec flèche maximale : 10,36 m
Longueur : 24,53 m
Hauteur : 4,97 m
Masse maximale au décollage : 39 700 kg
Vitesse maximale : Mach 2,18 en altitude ; Mach 1,15 au niveau de la mer
Plafond opérationnel : 17 500 m
Rayon d'action de combat : de 320 à 1000 km sans ravitaillement en vol
Équipements opérationnels et armement : radar, système de navigation à longue distance et dispositifs optroniques ; 8 pylônes de voilure et de fuselage pour une charge offensive de 8 000 kg (armes nucléaires, missiles air-surface comme l'AS-7 « Kerry », l'AS-10 « Karen », l'AS-12 « Kegler », l'AS-13 « Kingbolt » et l'AS-14 « Kedge », roquettes, canons de 23 mm en nacelle et réservoirs de carburant auxiliaires), 1 canon de 30 mm.

Sukhoi Su-25
Nom de code OTAN : « Frogfoot »
Premier vol : 22 février 1975
Nombre d'exemplaires en service : 300.

Versions
« Frogfoot-A » : monoplace d'appui rapproché doté d'un système de guidage à laser et d'un habitacle blindé ; réacteurs pouvant fonctionner avec divers types de carburant (kérosène, essence ou gazole).
Su-25UB « Frogfoot-B » : biplace d'entraînement en tandem doté d'un siège arrière surélevé et possédant une pleine capacité opérationnelle.
Su-25UT « Frogfoot-T » : biplace d'entraînement avancé pratiquement identique au Su-25UB.

Caractéristiques du « Frogfoot-A »
Réacteurs : 2 Toumansky R-195 de 44,18 kN
Envergure : 14,36 m
Longueur : 15,53 m
Hauteur : 4,80 m
Masse maximale au décollage : de 14 600 à 17 600 kg
Vitesse maximale : Mach 0,8 au niveau de la mer
Plafond opérationnel : 7 000 m
Distance franchissable maximale : 750 km au niveau de la mer ; 1 250 km en altitude
Équipements opérationnels et armement : télémètre-désignateur à laser, détecteur d'alerte radar, IFF, lance-leurres ; 1 canon de 30 mm, 2 missiles air-air AA-8 ou AA-2 d'autodéfense ; charge offensive de 4 400 kg (canons de 23 mm en nacelle, missiles guidés par laser, bombes incendiaires, en grappes, chimiques ou antipersonnel).

Su-24 (Fencer-D)

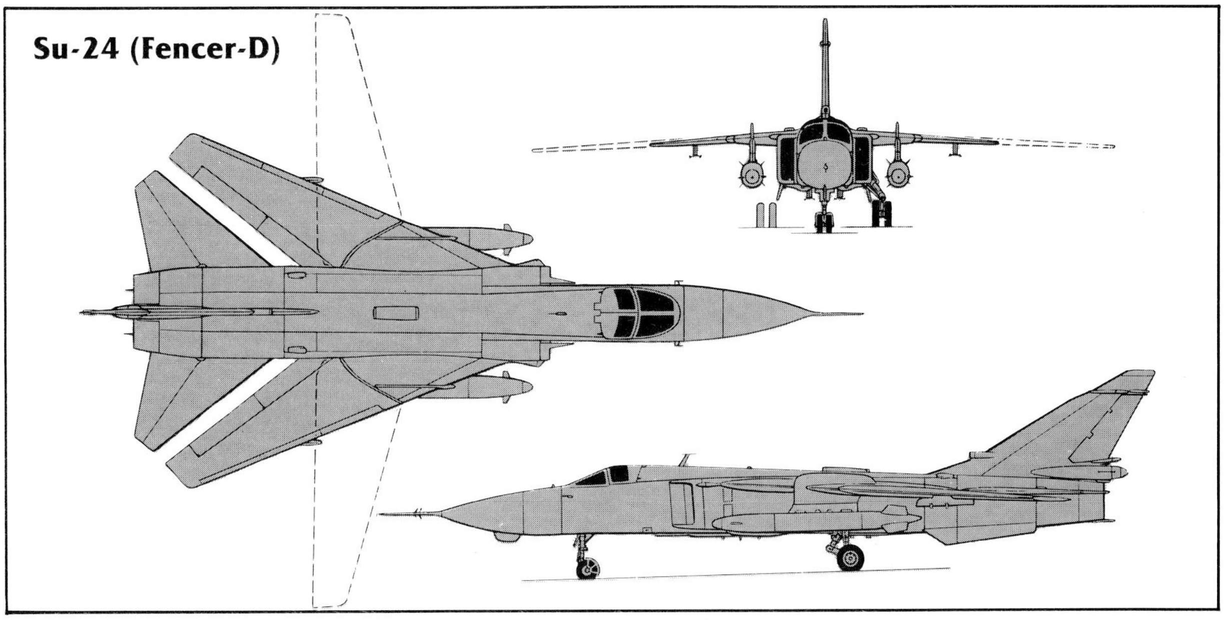

Su-25 (Frogfoot-A)

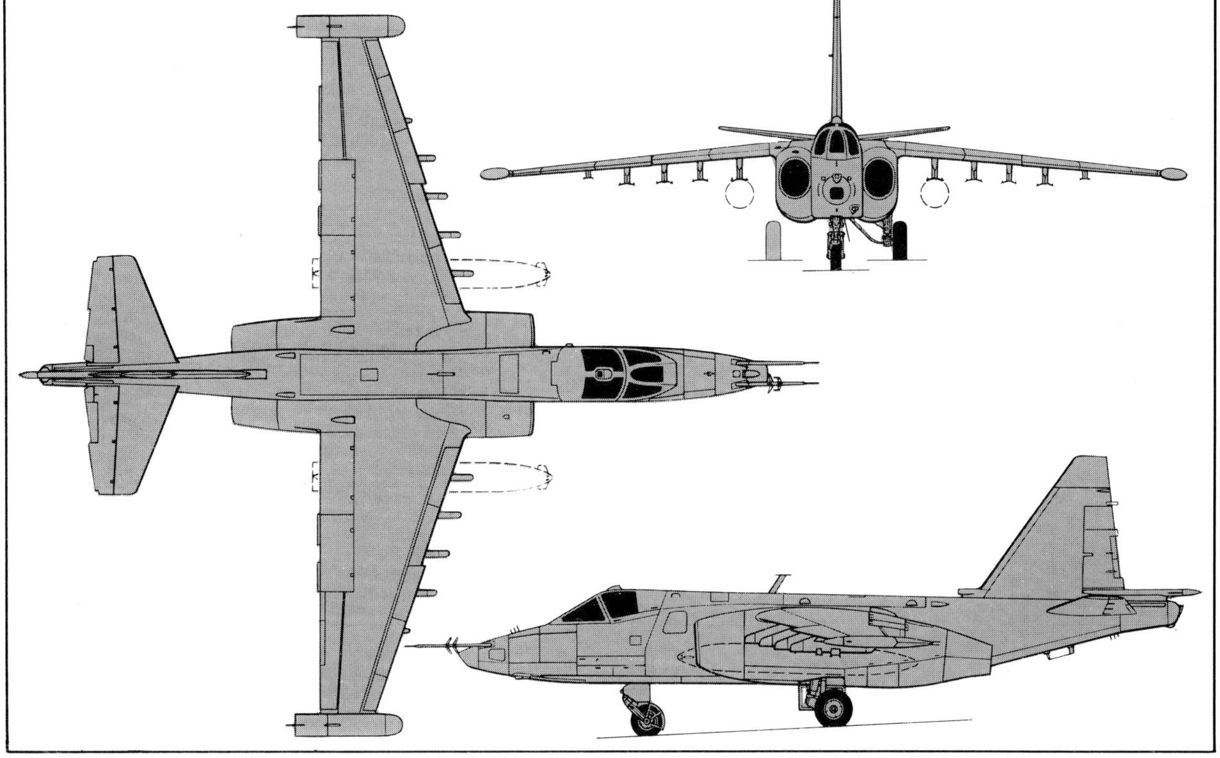

Illustrations
68 • Su-25K à l'atterrissage avec ses aérofreins ouverts.

Sukhoi Su-27
Nom de code OTAN : « Flanker »
Premier vol : 20 mai 1977
Nombre d'exemplaires en service : 200.
Versions
« Flanker-B » : monoplace de chasse dont le premier vol est intervenu le 20 avril 1981.
« Flanker-D » : version embarquée dotée d'empennages canard, d'ailes repliables, d'une crosse d'appontage et d'une roulette de nez à diabolo ; possibilité de recevoir une perche de ravitaillement en vol ou une nacelle de ravitaillement en vol ; évalué sur le porte-aéronefs *Tbilissi* en 1989-1990.
« Flanker-C » : version d'entraînement biplace possédant de pleines capacités opérationnelles.

Caractéristiques du « Flanker-B »
Réacteurs : 2 Lyulka AL-31F avec postcombustion de 123,85 kN
Envergure : 14,70 m
Longueur : 21,93 m
Hauteur : 5,93 m
Masse maximale au décollage : de 22 000 à 30 000 kg
Vitesse maximale : Mach 2,35 en altitude ; Mach 1,1 au niveau de la mer
Plafond opérationnel : 18 000 m

Su-27 (Flanker-B)

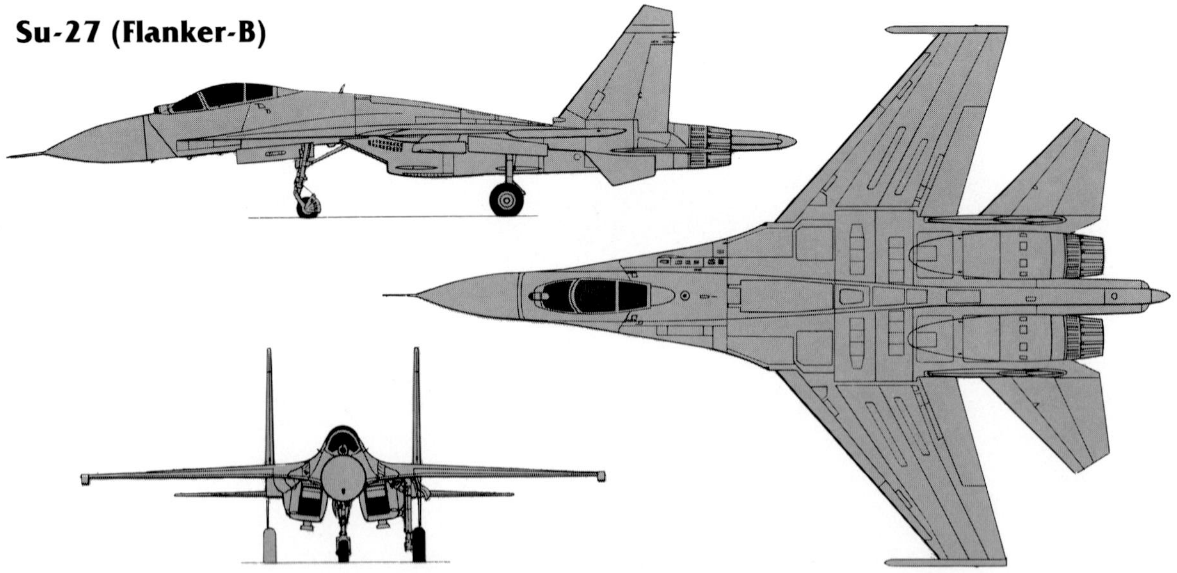

Distance franchissable maximale : 4 000 km
Équipements opérationnels et armement : radar Doppler à impulsions à haute capacité de dénivelée, système de recherche et de poursuite à infrarouge asservi au viseur de casque du pilote, détecteur d'alerte radar et lance-leurres ; 1 canon de 30 mm ; 2 missiles air-air AA-10A, AA-10B, ou AA-10C et 4 AA-11, ou AA-8.

Illustrations
81 • Su-27 photographié à l'atterrissage, l'aérofrein dorsal ouvert.
82 • Le porte-aéronefs *Tbilissi.*
83 • Su-27 (« Flanker-D ») sur le *Tbilissi.*
84-86 • Su-27 («Flanker-D ») déployant ses ailes.
87 • Décollage d'un Su-27 du pont du *Tbilissi.*
88 • Su-27 quittant le tremplin du *Tbilissi.*
89 • Su-27 appontant sur le *Tbilissi.*
90 • La crosse d'appontage encore engagée dans le brin d'arrêt, la course du Su-27 s'achève à l'extrémité du pont.

Yakovlev Yak-38
Nom de code OTAN : « Forger »
Type : ADAC/V embarqué
Premier vol : 1971
Nombre d'exemplaires en service : 70.

Versions
« Forger-A » : monoplace de combat destiné à l'attaque des navires de petites dimensions et à l'interception des avions de patrouille et de reconnaissance maritimes ; réacteurs de sustentation et réacteur servant à la poussée en vol horizontal ; observé pour la première fois en 1976.
« Forger-B » : biplace d'entraînement en tandem dépourvu d'armement et de radar télémétrique.

Caractéristiques du « Forger-A »
Réacteurs : 1 Toumansky R-27V-300 de 68 kN et 2 Koliesov-Rybinsk RD-36-35FVR en tandem de 30 kN

Yak-38 (Forger-A)

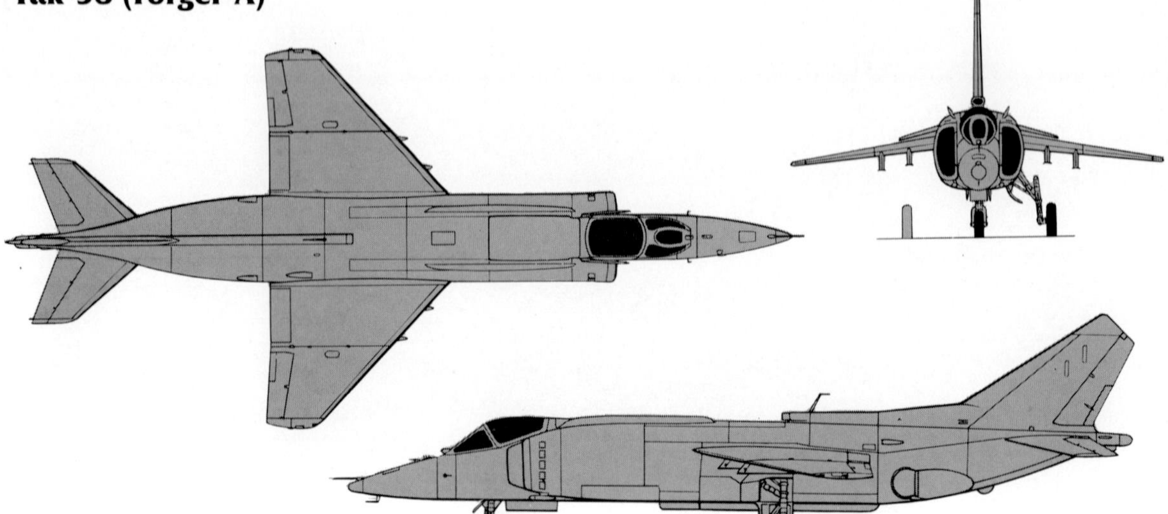

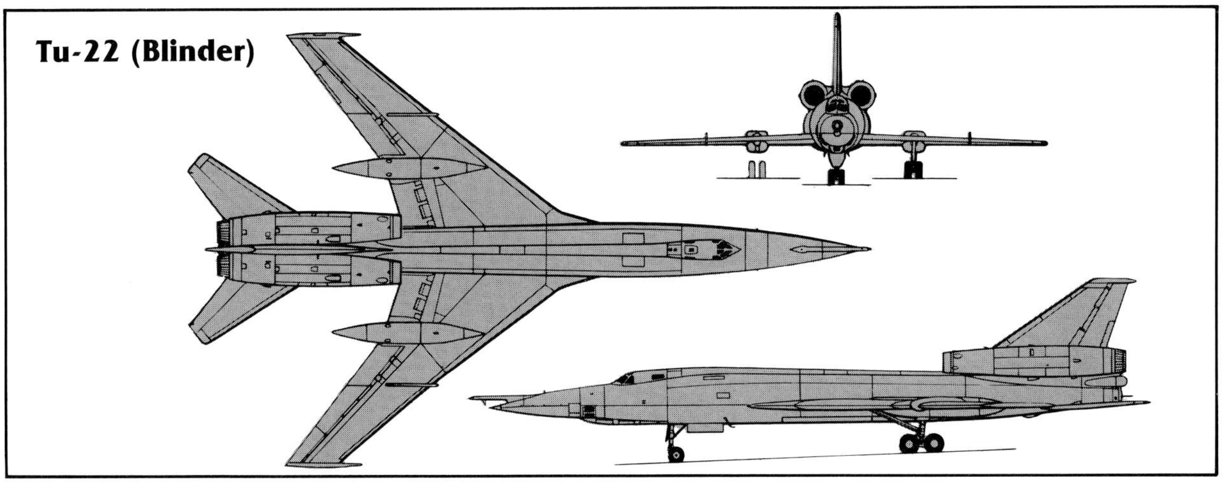

Envergure : 7,32 m
Largeur, ailes repliées : 4,88 m
Longueur : 15,50 m
Hauteur : 4,37 m
Masse maximale au décollage : 11 700 kg
Vitesse maximale : Mach 0,95 en altitude ; Mach 0,8 au niveau de la mer
Plafond opérationnel : 12 000 m
Rayon d'action de combat : de 240 à 370 km, avec charge offensive maximale.
Équipements opérationnels et armement : radar télémétrique, IFF et système de contrôle automatique de la stabilité au décollage et à l'apportage ; charge offensive de 3 600 kg (canons de 23 mm en nacelle, roquettes, bombes de 500 kg, missiles air-surface AS-7, missiles antinavires, missiles air-air AA-8.

Illustrations
91 • A droite, le biplace « Forger-B ».

Tupolev Tu-22
Nom de code OTAN : « Blinder »
Premier vol : sans doute 1961
Nombre d'exemplaires en service : 125.
Versions
« Blinder-A » : version initiale capable d'emporter des charges nucléaires ou classiques en soute ; premier bombardier soviétique aux performances supersoniques ; équipage de 3 membres.
« Blinder-B » : version identique au « Blinder-A », mais capable d'emporter des missiles AS-4 « Kitchen » et dotée d'un volumineux radar de nez ; perche de ravitaillement en vol semi-escamotable.
« Blinder-C » : version de reconnaissance maritime dotée de caméras en soute et, pour quelques appareils, d'équipements d'espionnage électronique et de contre-mesures électroniques.
« Blinder-D » : version d'entraînement avec siège surélevé pour l'instructeur.
Caractéristiques du « Blinder-B »
Réacteurs : 2 Koliesov VD-7 à postcombustion de 137,5 kN
Envergure : 23,75 m
Longueur : 40,53 m
Hauteur : 10,67 m
Masse maximale au décollage : 83 900 kg
Vitesse maximale : Mach 1,4 en altitude
Plafond opérationnel : 18 300 m
Rayon d'action de combat : 2 400 km
Équipements opérationnels et armement : radar, lance-leurres ; 1 canon de 23 mm en tourelle de queue ; missiles AS-4 « Kitchen »

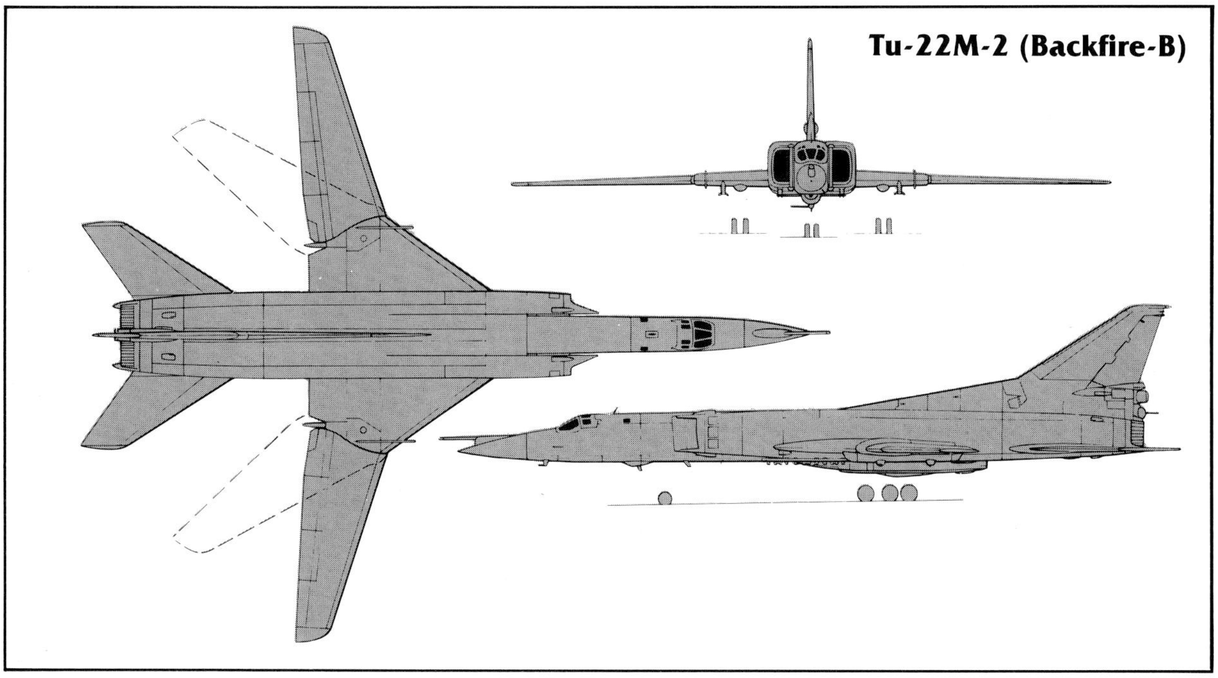

à ogive nucléaire ou classique (portée de 460 km et vitesse de Mach 4,6) ; bombes classiques.

Tupolev Tu-22M
Nom de code OTAN : « Backfire »
Type : bombardier stratégique
Premier vol : 1971
Nombre d'exemplaires en service : plus de 350.
Versions
« Backfire-B » : version de série initiale, connue à l'Ouest sous la dénomination de Tu-26 ; angle de flèche pouvant varier de 20 à 26° et entrées d'air légèrement inclinées ; armement stantard composé de 1 ou 2 missiles air-surface AS-4 « Kitchen » ; équipage de 4 membres.
« Backfire-C » : entrées d'air modifiées par rapport à celles du « Backfire-A » ; 1 canon en tourelle de queue et pas de perche de ravitaillement en vol visible.
Caractéristiques du « Backfire-B »
Réacteurs : 2 réacteurs à double flux non identifiés de 200 kN
Envergure avec flèche minimale : 34,30 m
Envergure avec flèche maximale : 23,40 m
Longueur : 39,60 m
Hauteur : 10,80 m
Masse maximale au décollage : 130 000 kg
Vitesse maximale : Mach 2 en altitude ; Mach 0,9 au niveau de la mer
Rayon d'action de combat maximal : 4 000 km
Équipements opérationnels et armement : radar de navigation et de bombardement ; système de conduite de tir assisté par caméras vidéo ; 2 canons de 23 mm commandés par radar ; 1 missile AS-4 sous fuselage et bombes de 12 000 kg ; possibilité d'emporter 4 bombes de 500 kg sous les entrées d'air.
Illustration
2 . Décollage d'un TU-22 M-3.

Tupolev Tu-95 et Tu-142
Nom de code OTAN : « Bear »
Type : bombardier stratégique et avion de reconnaissance maritime et de lutte anti-sous-marine
Premier vol : 1954
Nombre d'exemplaires en service : 240.
Versions
« Bear-D » : version de reconnaissance maritime du Tu-95 avec nez vitré, radar de recherche « Big Bulge », systèmes de reconnaissance électronique, perche de ravitaillement en vol, équipement de guidage de missiles tirés par les bâtiments et aéronefs amis ; 6 canons de 23 mm dans 3 tourelles.
« Bear-E » : version de reconnaissance du Tu-95 dotée de caméras, de systèmes de reconnaissance électronique et d'une perche de ravitaillement en vol
« Bear-F » : première version du Tu-142 avec ailes modifiées, avant de fuselage rallongé, radar en bande J identique à celui du « Bear-D », 2 canons en tourelle de queue, mais pas d'équipements de reconnaissance électronique ; bouées acoustiques, torpilles, charges de profondeur et magnétomètre.
« Bear-G » : version de bombardement et de reconnaissance électronique du Tu-95, avec 2 missiles AS-4, perche de ravitaillement en vol, nacelles de contre-mesures électroniques, 1 canon de 23 mm en tourelle ventrale.
« Bear-H » : version du Tu-142 raccourcie, avec 6 missiles de croisière AS-15 sur lanceur rotatif et 2 sous voilure ; radôme de nez agrandi plus profond, pas de systèmes de reconnaissance électronique ; 1 ou 2 canons de 23 mm en tourelle de queue ; 70 exemplaires produits ; entrée en service opérationnel : 1984.
« Bear-J » : version équipée d'une antenne VLF longue de plusieurs milliers de mètres afin de permettre les communications avec les sous-marins nucléaires en plongée ; cellule identique à celle du « Bear-F » ; nombreux carénages et antennes.
Caractéristiques du « Bear-F »
Moteurs : 4 turbopropulseurs Kouznetsov NK-12MV de 14 795 ch sur l'arbre
Envergure : 51,10 m
Longueur : 49,50 m
Hauteur : 12,12 m
Masse maximale au décollage : 188 000 kg
Vitesse maximale : de 925 km/h à 7 600 m
Plafond opérationnel : 12 500 m
Rayon d'action de combat : 8 300 km
Équipements opérationnels et armement : voir données citées précédemment.
Illustrations
102 • A bord du Tu-95, le navigateur joue un rôle important.
103 • Commandant de bord installé aux commandes dans le poste de pilotage d'un Tu-95.

Tu-142M (Bear-F)

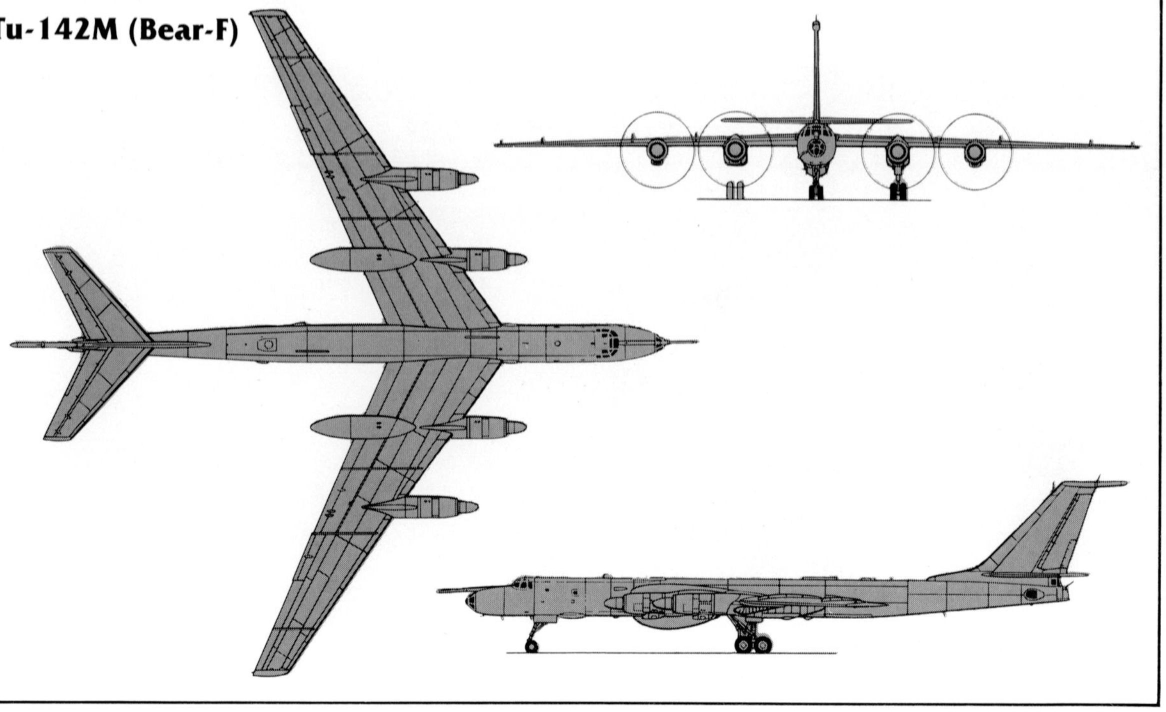

Tu-160 (Blackjack)

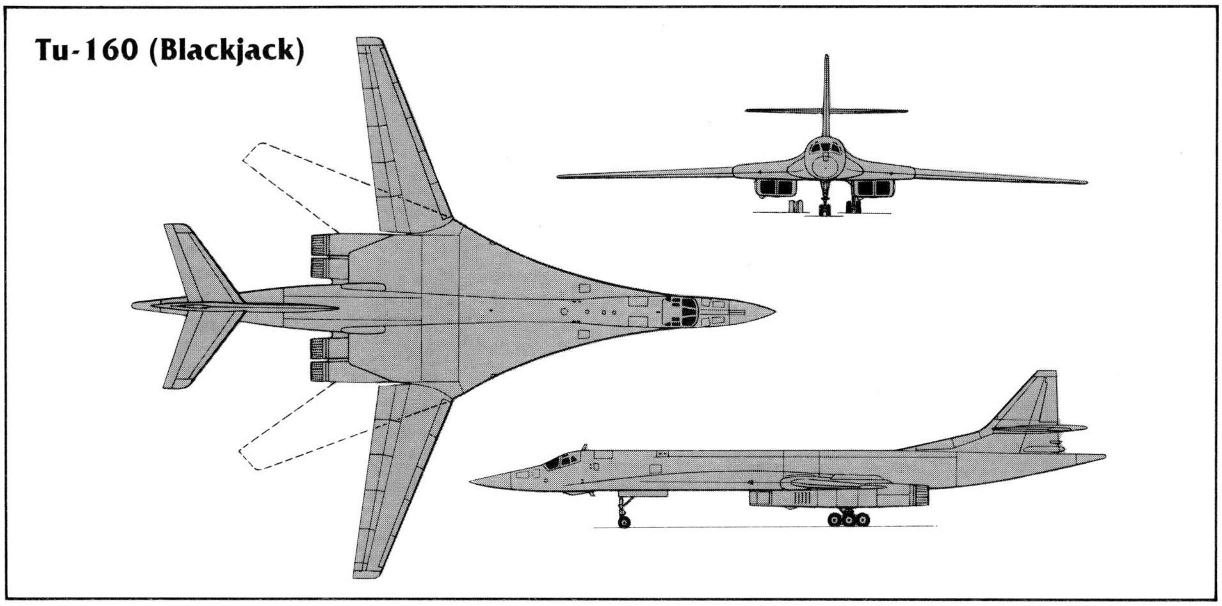

Tupolev Tu-160
Nom de code OTAN : « Blackjack »
Type : bombardier stratégique
Premier vol : inconnu
Nombre d'exemplaires en service : moins de 30.

Version
« Blackjack-A » : seule version connue, conçue pour le bombardement stratégique ; longueur supérieure de 20 % à celle du B-1B, plus grande vitesse de croisière et distance franchissable plus élevée ; capacités de ravitaillement en vol ; missiles de croisière AS-15 devant être remplacés par des AS-19 d'une portée de 3 200 km ; entré en service en 1988.

Caractéristiques du « Blackjack-A »
Réacteurs : 4 réacteurs à double flux augmenté de 245 kN d'un type inconnu
Envergure avec flèche minimale : 55,70 m
Envergure avec flèche maximale : 33,75 m
Longueur : 54 m
Hauteur : 12,80 m
Masse maximale au décollage : 275 000 kg
Vitesse maximale : Mach 1,88 en altitude
Rayon d'action de combat : 7 300 km.
Équipements opérationnels et armement : radar de suivi de terrain, caméras vidéo asservies au système de conduite de tir ; 24 missiles d'attaque à courte portée AS-16 « Kickback » ou 12 missiles de croisière AS-15 « Kent » d'une portée de 3 000 km avec ogive nucléaire de 200 kilotonnes ; charge offensive de 16 330 kg (bombes classiques ou nucléaires) ; pas d'armement défensif.

Illustration
115 • La dérive du Tu-160 est une surface mobile monobloc.

Tupolev Tu-16
Nom de code OTAN : « Badger »
Type : bombardier à moyen rayon d'action, avion de reconnaissance

Tu-16 (Badger-F)

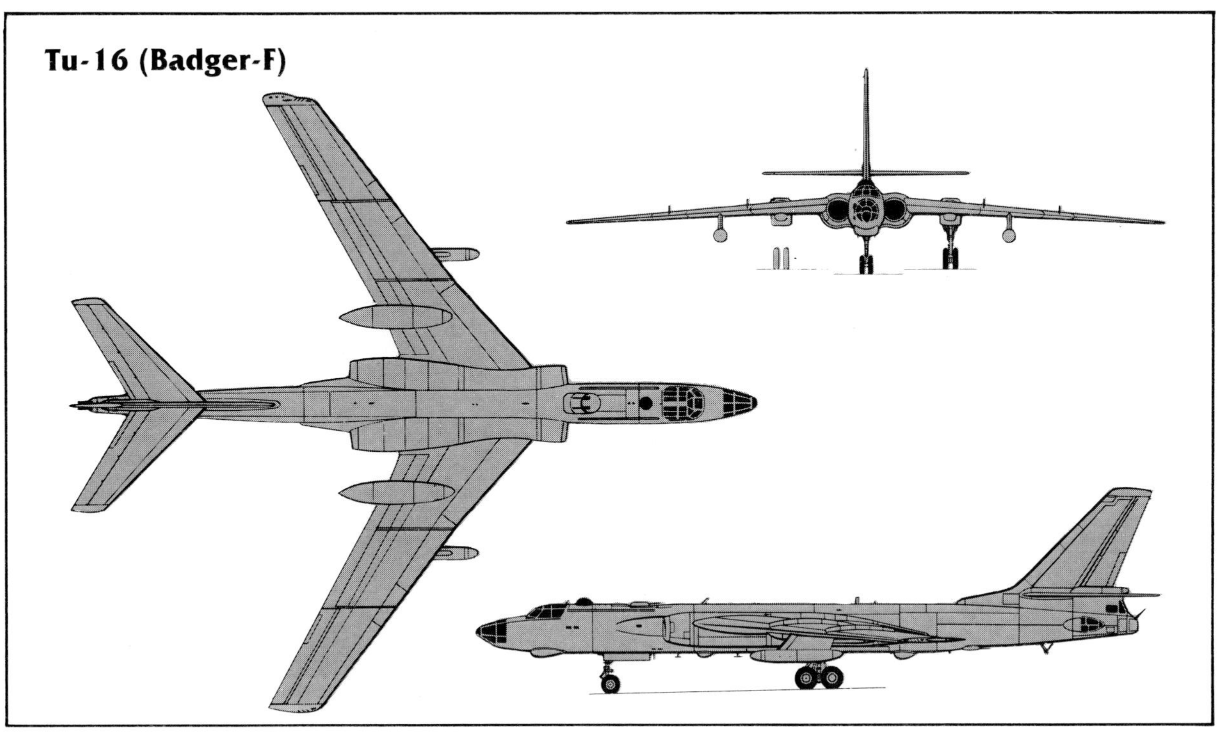

et d'attaque maritimes
et de ravitaillement en vol
Premier vol : 1951-1952
Nombre d'exemplaires en service : 625.
Versions
« Badger-A » : version de bombardement stratégique capable d'emporter une charge de bombes de 9 000 kg ; radar installé sous l'avant du fuselage ; armement défensif composé de 7 canons de 23 mm.
« Badger-C » : version de lutte antinavire dotée de missiles AS-2 « Kipper » sous fuselage ; pas de possibilité d'emporter des bombes à gravité et radar de nez « Puff Ball » ; pas d'armement ; sous-version pouvant recevoir des missiles AS-6 « Kingfish ».
« Badger-D » : version de reconnaissance maritime identique au « Badger-C », mais dotée d'un radôme de nez et de trois radômes situés sous la soute à armement.
« Badger-E » : version de reconnaissance électronique et photographique identique au « Badger-A » et dotée de caméras.
« Badger-F » : version identique au « Badger-E », mais dotée de nacelles de reconnaissance électronique sous voilure.
« Badger-G » : version identique au « Badger-A », mais dotée de missiles AS-5 « Kelt » sous voilure ; possibilité d'emporter des bombes à gravité ; sous-version dotée de 1 ou 2 missiles AS-6 « Kingfish » d'une portée de 400 km et affichant une vitesse de Mach 3.
« Badger-H » : version de brouillage et de contre-mesures électroniques ; radôme situé sous la soute à armement et antennes d'extrémités de voilure ; nez vitré
« Badger-J » : version de contre-mesures électroniques et d'espionnage électronique dotée d'un radôme ventral et de nacelles de brouillage d'extrémités de voilure ; nez vitré.
« Badger-K » : version de reconnaissance électronique avec nez vitré et 6 radômes sous fuselage.
Caractéristiques du « Badger-G »
Réacteurs : 2 Mikouline RD-3M-500 de 93 kN
Envergure : 32,99 m
Longueur : 34,80 m
Hauteur : 10,36 m
Masse normale au décollage : 75 000 kg
Vitesse maximale : 990 km/h à 6 000 m
Plafond opérationnel : 12 300 m
Rayon d'action de combat : 3 150 km
Équipements opérationnels et armement : radar de navigation et de bombardement ; détecteur d'alerte radar ; 7 canons de 23 mm dans trois tourelles et dans le nez.
Illustration
117 • Cette photographie dévoile la technique de ravitaillement en vol originale mise en œuvre par le Tu-16.

Myaschichtchev M-3
Nom de code OTAN : « Bison »
Type : avion de ravitaillement en vol
Premier vol (« Bison-A ») : 1953
Nombre d'exemplaires en service : 40.
Version
La seule version du « Bison » actuellement en service est celle utilisée pour le ravitaillement en vol des bombardiers stratégiques soviétiques.
Caractéristiques du « Bison-A »
Réacteurs : 4 Mikouline AM-3D de 85,3 kN
Envergure : 50,48 m
Longueur : 47,20 m
Masse maximale au décollage : 158 750 kg
Vitesse maximale : 1 000 km/h en altitude
Plafond opérationnel : 13 700 m
Rayon d'action de combat : 5 600 km
Équipements opérationnels et armement : le « Bison » est doté d'un système de ravitaillement qui lui permet d'approvisionner en carburant des appareils comme le « Backfire », le « Bear » et le « Blinder ».

Iliouchine Il-78
Nom de code OTAN : « Midas »
Type : avion de ravitaillement en vol
Premier vol : inconnu
Nombre d'exemplaires en service : 12.
Version
La seule version connue à ce jour de cet appareil est l'Il-76MD de transport, équipé de nacelles de ravitaillement en vol situées sous les ailes et à l'arrière du fuselage ; la tourelle arrière, non armée, est employée à des fins d'observation ; entré en service en 1987, le « Midas » est utilisé pour le ravitaillement des avions stratégiques et tactiques.

Antonov An-124
Nom de code OTAN : « Condor »
Type : avion de transport logistique
Premier vol : 26 décembre 1982
Nombre d'exemplaires en service : 20.
Version
Une seule version de cet appareil

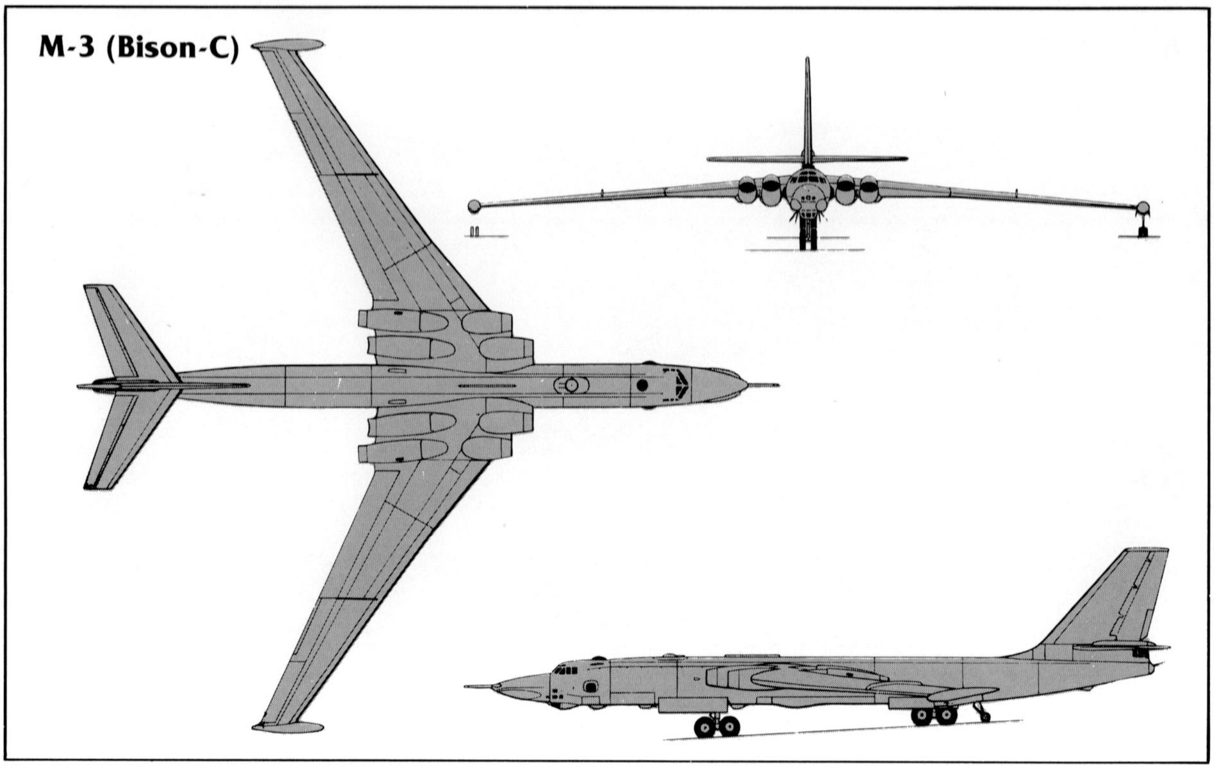

Il-78 (Midas)

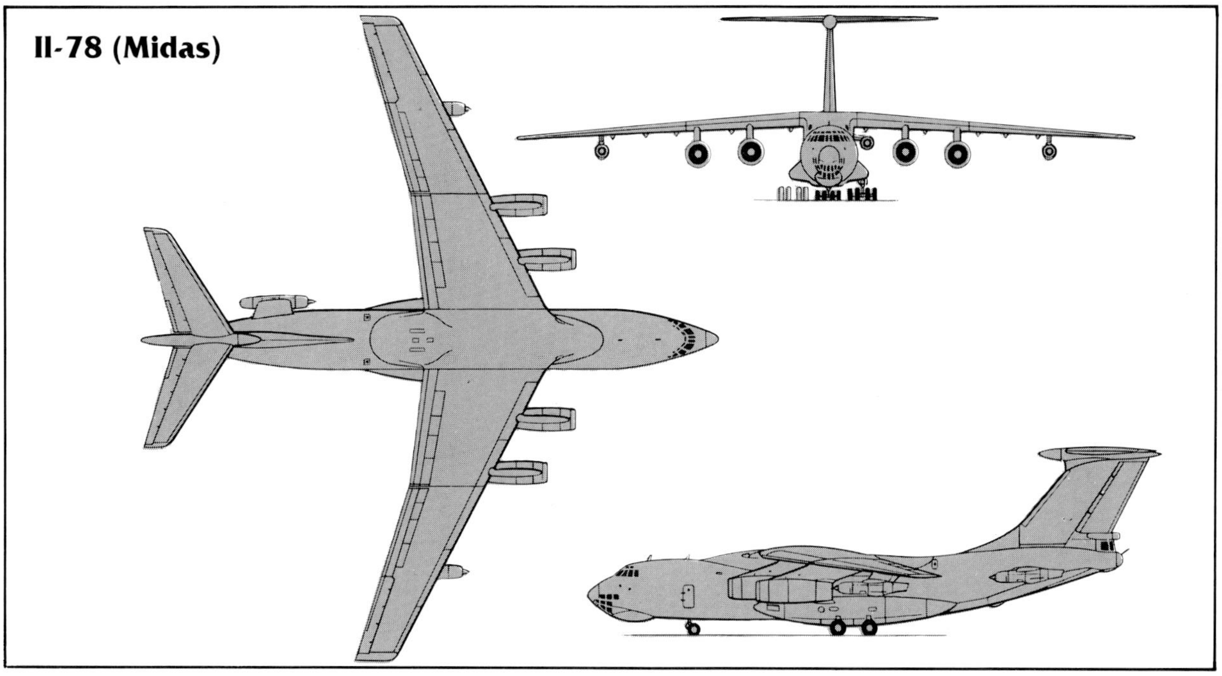

de transport, l'un des plus grands du monde, a été identifiée à cette date ; le « Condor » peut emporter de lourdes charges, comme des chars, des ensembles de missiles et des véhicules divers ; l'avion dispose d'une porte de chargement arrière et d'un nez articulé permettant l'embarquement des charges, ainsi que d'un système de manutention ; les jambes du train d'atterrissage principal peuvent être comprimées, si bien que le « Condor » peut être rapproché du sol pour faciliter le chargement.

Caractéristiques
Réacteurs : 4 Lotarev D-18T à double flux de 229,5 kN
Envergure : 73,30 m
Longueur : 69,10 m
Hauteur : 20,78 m
Masse maximale au décollage : 405 000 kg
Vitesse de croisière maximale : 865 km/h à 10 000 m
Distance franchissable : 4 500 km avec charge maximale ; 16 500 km avec capacité maximale en carburant
Charge utile maximale : 150 000 kg
Équipements opérationnels : radar cartographique et météorologique, et système de navigation par satellite.

Antonov An-22
Nom de code OTAN : « Cock »

An-124 (Condor)

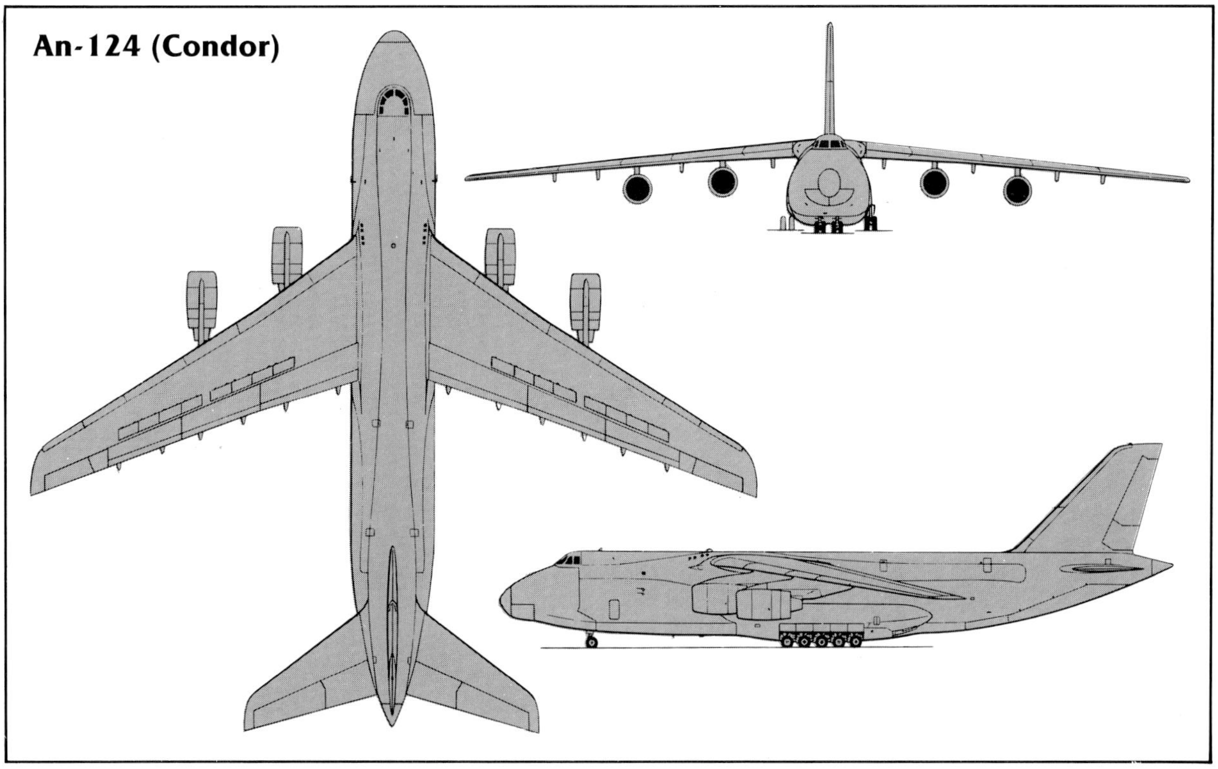

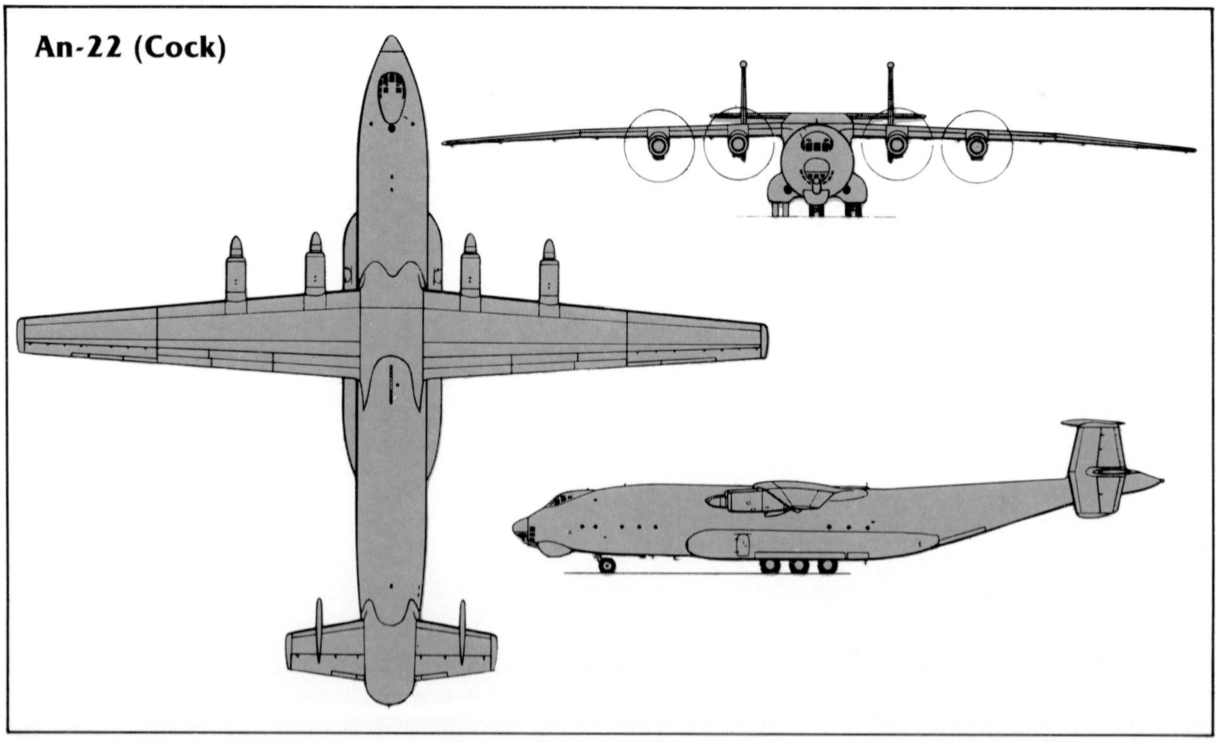

Type : avion de transport logistique
Premier vol : 27 février 1965
Nombre d'exemplaires en service : 45.

Version

Une seule version connue actuellement en service et destinée à transporter des chars et des équipements lourds pour le compte des forces armées soviétiques ; équipage composé de 5 ou 6 membres et cabine aménagée pour 28 ou 29 passagers ; soute à fret conçue pour accueillir des véhicules ou des ensembles de missiles et dotée d'un système de manutention de charges.

Caractéristiques

Moteurs : 4 turbopropulseurs Kouznetsov NK-12MA de 15 000 ch sur l'arbre
Envergure : 64,40 m
Longueur : 57,92 m
Hauteur : 12,53 m
Masse maximale au décollage : 250 000 kg
Vitesse maximale : 740 km/h
Distance franchissable maximale : 5 000 km avec charge utile maximale ; 10 950 km avec capacité maximale en carburant
Charge utile maximale : 80 000 kg
Equipements opérationnels : radar de navigation.

Antonov An-12

Nom de code OTAN : « Cub »
Type : avion de transport et d'espionnage électronique
Premier vol : 1958
Nombre d'exemplaires en service : 350.

Versions

« Cub » : version de transport de fret et de parachutistes en service depuis 1959 ; équipage de 6 membres et capacité d'accueil de 90 hommes de troupe ou de 60 parachutistes ; porte de chargement arrière et tourelle arrière armée.
« Cub-A » : version d'espionnage électronique dotée de nombreuses antennes et ayant subi diverses modifications.
« Cub-B » : version d'espionnage électronique avec deux radômes situés sous la partie centrale du fuselage.
« Cub-C » : version de contre-mesures électroniques dotée de nombreux équipements et de brouilleurs montés sur palette ainsi que de lance-leurres; tourelle de queue démontée.
« Cub-D » : version de contre-mesures électroniques pourvue de certains équipements qui n'existent pas sur le « Cub-C ».

Caractéristiques de l'An-12BP « Cub »

Moteurs : 4 turbopropulseurs Ivtchenko AI-20K de 3 945 ch sur l'arbre
Envergure : 38 m
Longueur : 33,10 m
Hauteur : 10,53 m
Masse maximale au décollage : 61 000 kg.
Vitesse maximale : 775 km/h
Distance franchissable : 3 600 km avec charge utile maximale ;
Charge utile maximale : 20 000 kg
Équipements opérationnels : radar de navigation et météorologique.

Iliouchine Il-76

Nom de code OTAN : « Candid »
Type : avion de transport à moyen et long rayon d'action
Premier vol : 25 mars 1971
Nombre d'exemplaires en service : 450, plus 125 « Candid-A » qu'emploie la compagnie aérienne civile soviétique Aeroflot.

Versions

Il-76M « Candid-B » : version de base dotée d'une tourelle de queue armée ; équipage de 7 membres, y compris les opérateurs de charge ; porte de chargement arrière et système de manutention de charge ; chargement pouvant inclure des véhicules, des ensembles de missiles, des conteneurs et des palettes ; sièges repliables pour le personnel d'accompagnement ; la soute peut être pressurisée afin de permettre le transport de 140 hommes de troupe ou de 125 parachutistes ; entré en service en 1974.
Il-76MD « Candid-B » : version améliorée, dotée de moteurs D-30KP-1 ; masse maximale au décollage amenée à 190 000 kg et charge utile de 48 000 kg ; distance franchissable accrue de 1 200 km et capacité en carburant plus élevée ; entré en service au début des années 1980.

Caractéristiques de l'Il-76M

Réacteurs : 4 Soloviev D-30KP à double flux de 117,7 kN
Envergure : 50,50 m
Longueur : 46,59 m
Hauteur : 14,76 m
Masse maximale au décollage : 170 000 kg
Vitesse maximale : 850 km/h entre 9 000 et 12 000 m
Distance franchissable : 5 000 km avec charge utile de 40 000 kg ; 6 700 km avec capacité maximale de carburant

An-12 (Cub)

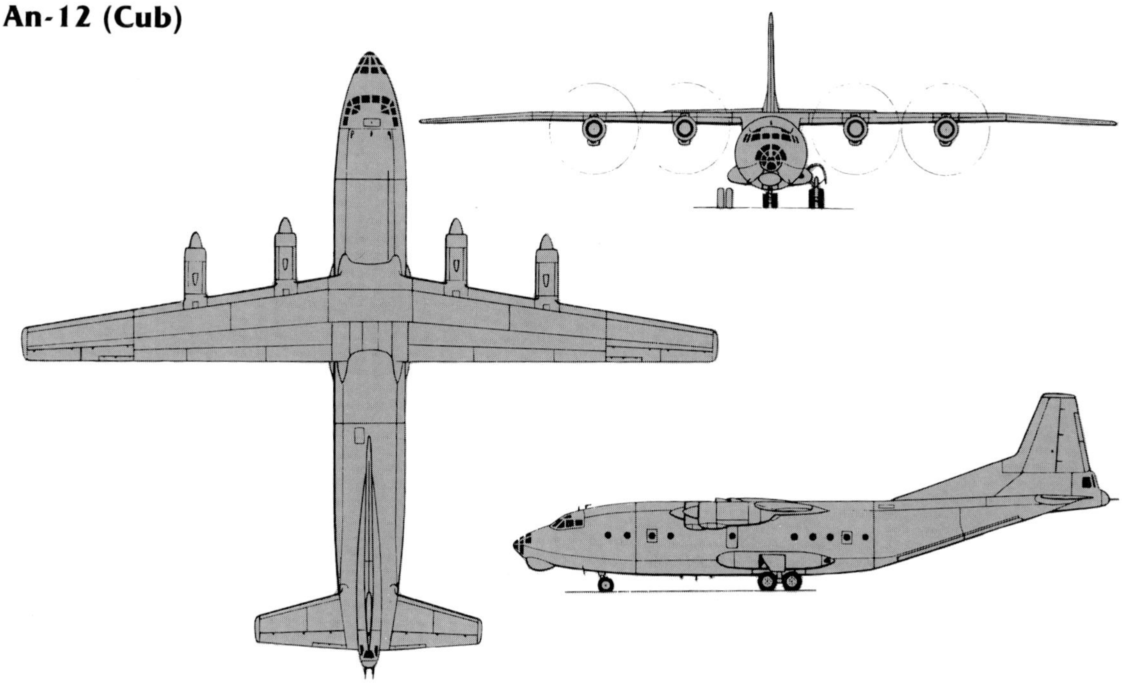

Il-76MD (Candid-B)

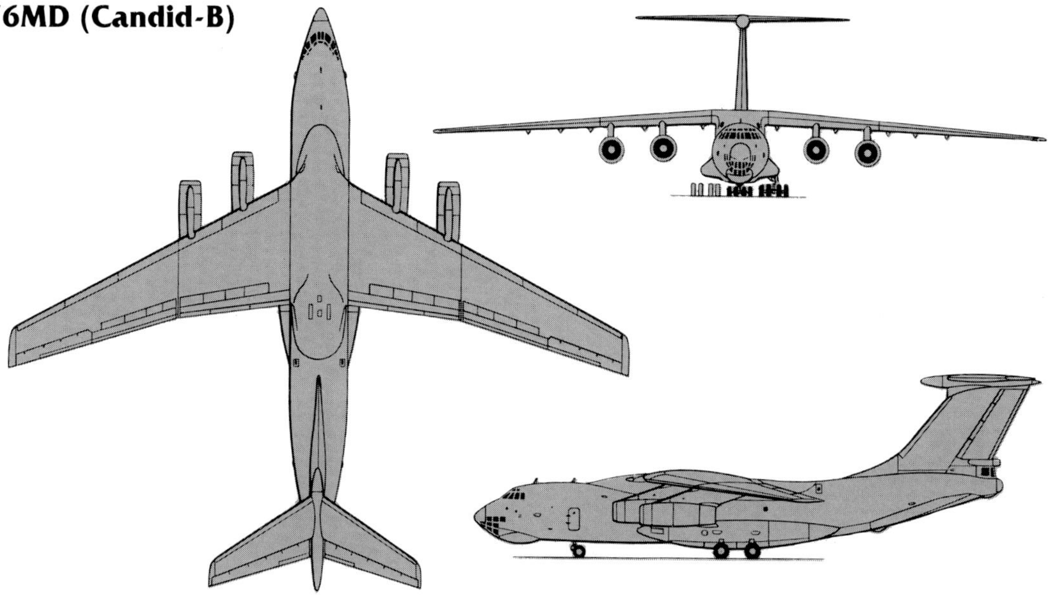

Charge utile : 40 000 kg
Équipements opérationnels et armement : radar de navigation et cartographique ; génératrice auxiliaire ; équipements tout-temps, dont un système de contrôle de vol automatique et d'approche automatique ; 2 canons de 23 mm dans la tourelle de queue, lance-leurres et contre-mesures électroniques.

Mil Mi-8 et Mi-17
Nom de code OTAN : « Hip »
Type : hélicoptère de transport d'assaut, de communications, de contre-mesures électroniques et à vocation utilitaire
Premier vol : 1961
Nombre d'exemplaires en service : 2 500.

Versions
« Hip-C » : version de base capable d'emporter 24 hommes de troupe ou une charge utile de 4 000 kg constituée de fret ou d'un véhicule ; possibilité de modifications en vue de permettre le transport de 24 blessés couchés ; rampe de chargement et treuil ; 4 paniers à roquettes sur des points d'attache latéraux ; sous-versions désignées Mi-8T et Mi-8TB.
« Hip-D » : version destinée au relais des communications avec nombreuses antennes et carénages.
« Hip-E » : version identique au « Hip-C », mais destinée aux missions d'escorte ; 4 missiles antichars « Swatter » et 192 roquettes ; sous-version désignée Mi-8TBK.
« Hip-G » : version de communication avec nombreuses antennes.
« Hip-H » : version du Mi-17 identique au Mi-8, mais dotée de turbomoteurs

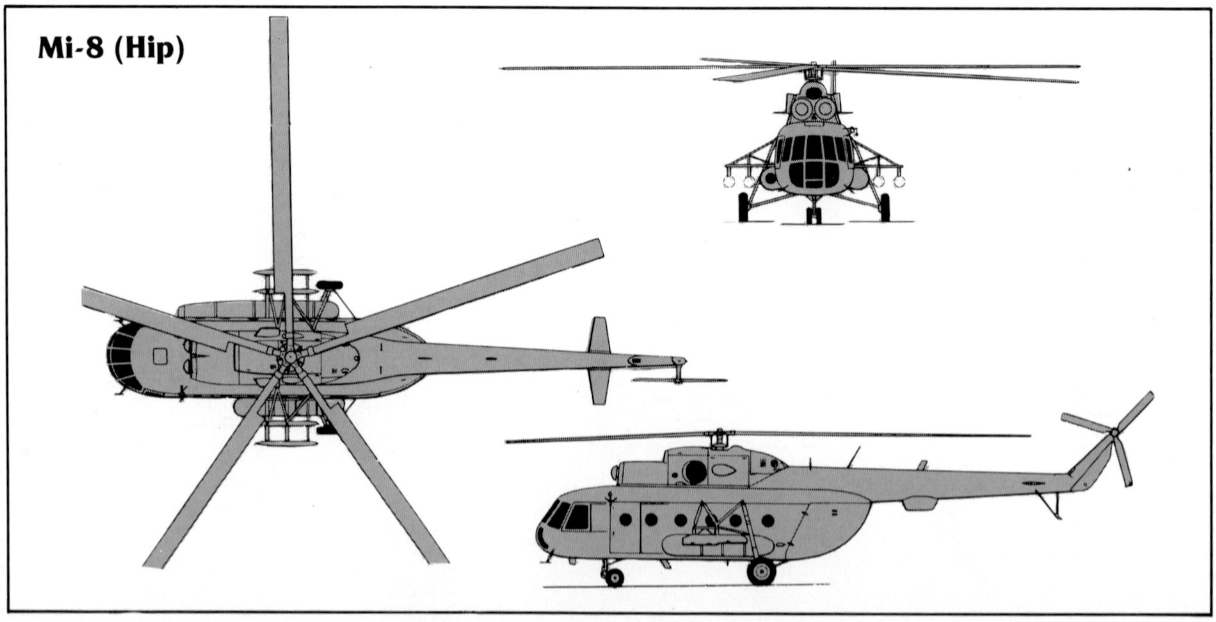

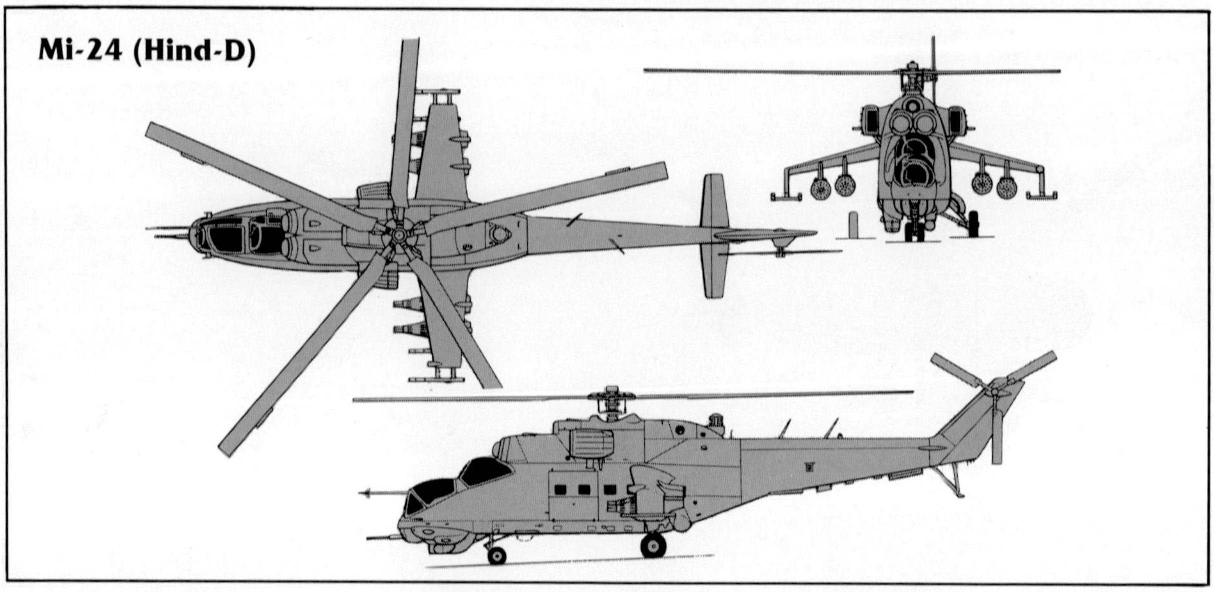

Isotov TV3-117MT de 1 950 ch chacun ; rotor de queue monté sur un stabilisateur de petites dimensions ; canons de 23 mm en nacelles et blindage de l'habitacle.
« Hip-J » : version de contre-mesures électroniques avec carénages latéraux.
« Hip-K » : version de contre-mesures électroniques destinée au brouillage des communications, avec 6 antennes dipôles sur chaque flanc de la cabine ; quelques exemplaires mis aux standards Mi-17, avec de nouvelles antennes et des carénages latéraux.

Caractéristiques du « Hip-E »
Moteurs : 2 turbomoteurs Isotov TV2-117A de 1 700 ch
Diamètre du rotor principal : 21,29 m
Longueur du fuselage, rotor de queue exclus : 18,17 m
Hauteur : 5,65 m
Masse maximale au décollage : 12 000 kg
Vitesse de croisière maximale : 240 km/h
Plafond opérationnel : 3 980 m
Distance franchissable maximale : 500 km
Équipements opérationnels et armement : voir les données citées précédemment.

Illustrations
131 • Mi-8TBK remorquant une cible pendant un exercice de tir.
132 • Évacuation d'un blessé dans l'Arctique.

Mil Mi-24
Nom de code OTAN : « Hind »
Type : hélicoptère de combat et de transport d'assaut
Premier vol : inconnu
Nombre d'exemplaires en service : 1 250.

Versions
« Hind-A » « B » et « C » : versions de série initiale destinées au transport d'assaut, avec équipage de 3 membres.
« Hind-D » : version de combat avec avant de fuselage modifié et pilote et canonnier installés dans des habitacles séparés ; possibilité d'emporter des hommes de troupe équipés ; mitrailleuse de 12,7 mm à 4 tubes de nez, asservie à un viseur optique, 128 roquettes placées dans des paniers montés sur les moignons d'ailes, canons de 23 mm en nacelle ; charge offensive de 1 500 kg (mines, bombes chimiques ou classiques) ; IFF, détecteur d'alerte radar, brouilleurs et lance-leurres thermiques.
« Hind-E » : identique au « Hind-D », mais doté d'un armement modifié ; 12 missiles antichars AT-6 « Spiral » sur les moignons d'ailes ; nacelle

Mi-26 (Halo)

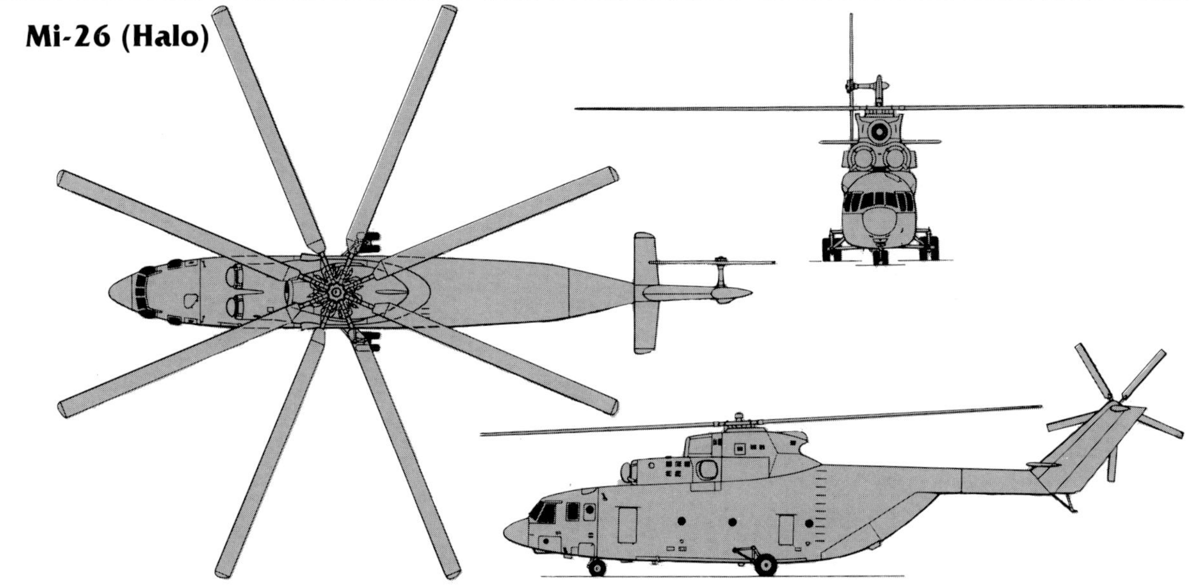

Ka-25 (Hormone-A)

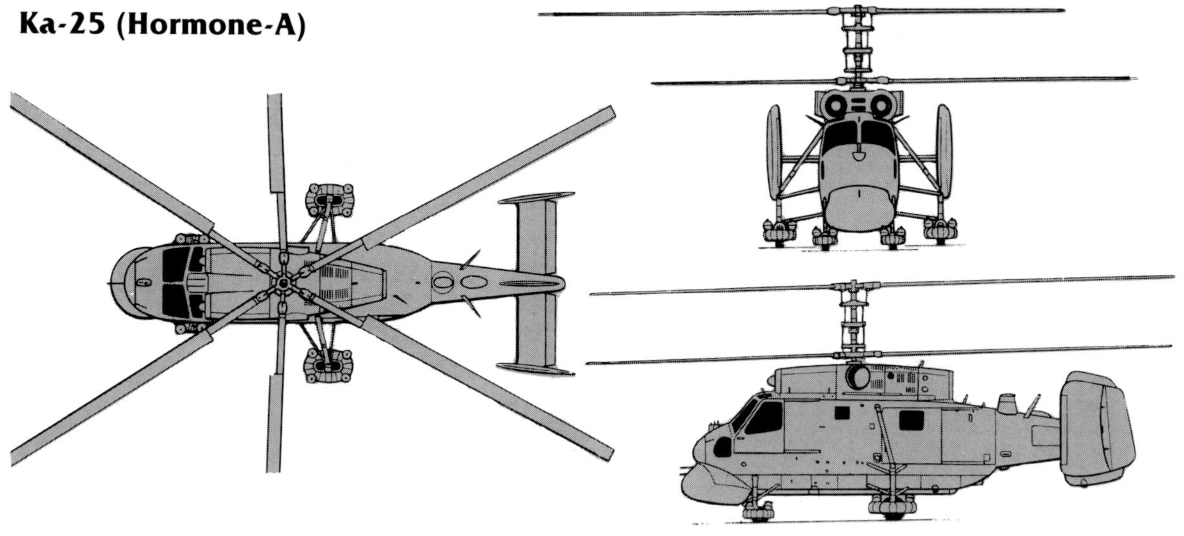

de guidage agrandie ; missiles d'autodéfense AA-8 « Aphid ».
« Hind-F » : identique au « Hind-E », mais doté de 1 canon de nez de 30 mm à 2 tubes.
« Hind-G » : identique au « Hind-E », mais doté d'armes biologiques et chimiques placées sur des pylônes montés aux extrémités des moignons d'ailes.

Caractéristiques du « Hind-D »
Moteurs : 2 turbomoteurs Isotov TV3-117 de 2 200 ch
Diamètre du rotor principal : 17,30 m
Longueur du fuselage, rotor de queue et canon exclus : 17,50 m
Hauteur : 6,50 m
Masse normale au décollage : 11 000 kg
Vitesse maximale : 310 km/h
Plafond opérationnel : 4 500 m
Rayon d'action de combat : 160 km
Équipements opérationnels et armement : voir données citées précédemment.

Illustrations
137 • La voilure tournante au premier plan est un Hind-G doté d'un équipement NBC en bout d'aile.

Mil Mi-26
Nom de code OTAN : « Halo »
Premier vol : 14 décembre 1977
Nombre d'exemplaires en service : plus de 50.

Versions
Mi-26 « Halo » : seule version connue ; hélicoptère le plus lourd jamais produit ; premiers appareils de série dotés d'un rotor principal à 8 pales ; équipage de 5 membres et 20 passagers en cabine ; possibilité d'emporter 85 hommes de troupe équipés et 4 passagers dans un compartiment situé en arrière du poste de pilotage ; porte de chargement de fret, 2 treuils de 2 500 kg et un système de manutention de charge de 500 kg ; possibilité d'emporter 2 véhicules de combat d'infanterie ou 1 conteneur de 20 000 kg ; charge utile pouvant être amenée à 22 000 kg.

Caractéristiques du « Halo »
Moteurs : 2 turbomoteurs Lotarev D-136 de 11 240 ch
Diamètre du rotor principal : 32 m
Longueur du fuselage, rotor de queue exclus : 33,72 m
Hauteur : 8,14 m
Masse maximale au décollage : 56 000 kg
Vitesse maximale : 295 km/h
Plafond opérationnel : 4 600 m
Distance franchissable maximale : 800 km

Équipements opérationnels et armement : radar météorologique, Doppler de navigation, carte défilante, caméras vidéo, brouilleurs thermiques, atténuateurs d'infrarouges, lance-leurres, détecteur d'alerte radar ; pas d'armement.

Kamov Ka-25
Nom de code OTAN : « Hormone »
Type : hélicoptère naval multirôle
Premier vol : sans doute 1961
Nombre d'exemplaires en service : 100.
Versions
« Hormone-A » : version de lutte anti-sous-marine avec radar de recherche placé sous le nez ; embarqué sur les bâtiments de guerre soviétiques et divers autres types de navires ; équipage de 4 ou 5 membres et sièges repliables pour 12 passagers ; pas de système de vol stationnaire automatique, carénages cylindres latéraux abritant des marqueurs fumigènes et des bouées.
« Hormone-B » : version de guidage de missiles tirés par les navires amis ; grand radôme de nez ; système de traitement de données dans des carénages cylindriques situés sous le fuselage.
« Hormone-C » : version identique au « Hormone-B » et destinée au guidage à mi-course des missiles tirés par les navires amis ; nombreuses antennes ; certains appareils de cette variante, dépourvus de leur système de guidage, sont affectés à des missions utilitaires ou à la recherche et au sauvetage.
Caractéristiques du « Hormone-A »
Moteurs : 2 turbomoteurs Glouchenkov GTD-3M de 990 ch
Diamètre des rotors : 15,74 m
Longueur du fuselage : 9,75 m
Hauteur : 5,37 m
Masse maximale au décollage : 7 500 kg
Vitesse maximale : 210 km/h
Plafond opérationnel : 3 350 m
Distance franchissable maximale : 650 km
Équipements opérationnels et armement : radar de recherche dans le nez, sonar à immersion à l'arrière de la cabine, carénages extérieurs pour bouées acoustiques en arrière du train d'atterrissage principal, système de mesures de soutien électronique au-dessus de la poutre de fuselage, IFF, détecteur d'alerte radar ; 2 torpilles anti-sous-marines de 450 mm, charges de profondeur nucléaires et diverses armes en soute.

Beriev Be-12
Nom de code OTAN : « Mail »
Type : hydravion amphibie de lutte anti-sous-marine et de patrouille maritime

Be-12 (Mail)

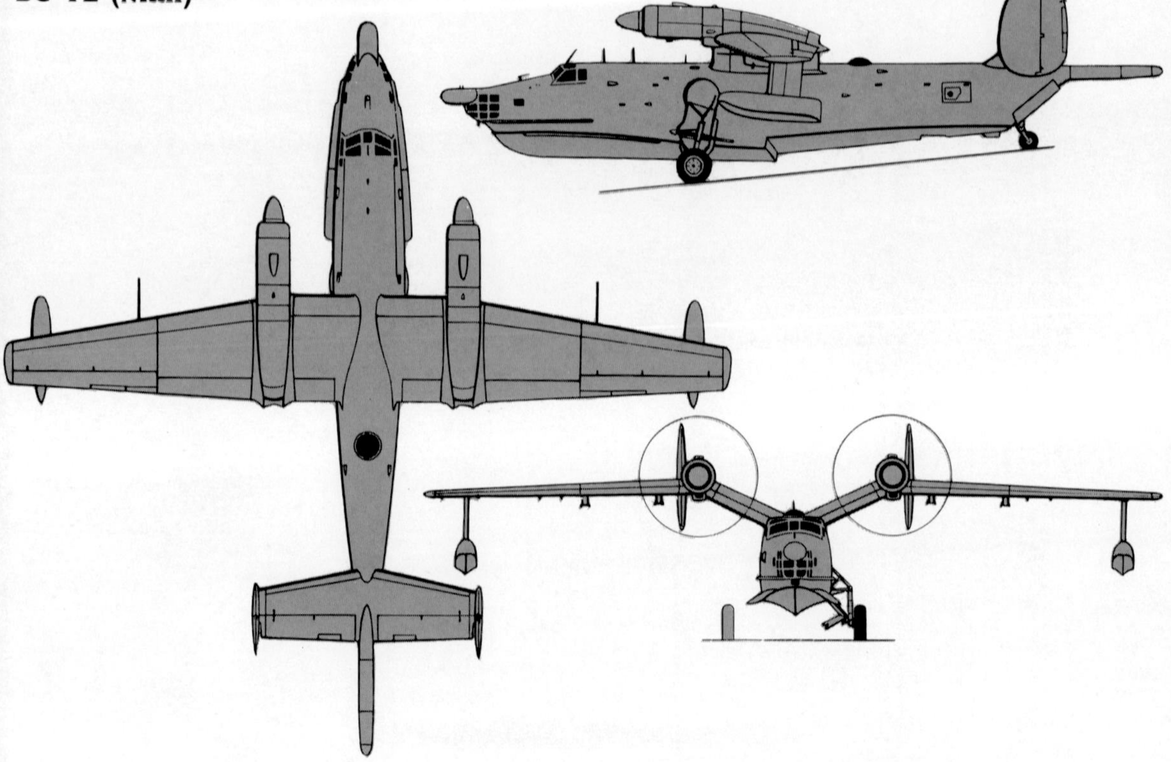

Premier vol : 1960
Nombre d'exemplaires en service : 75.
Version
Be-12 « Mail » : une seule version connue utilisée par les flottes du Nord et de la mer Noire ; équipage de 5 membres et rayon d'action de 370 km.
Caractéristiques du « Mail »
Moteurs : 2 turbopropulseurs Ivtchenko AI-20M de 4 190 ch sur l'arbre
Envergure : 29,71 m
Longueur : 30,17 m
Hauteur : 7 m
Masse maximale au décollage : 31 000 kg
Vitesse maximale : 610 km/h
Plafond opérationnel : 11 280 m
Distance franchissable maximale : 7 500 km
Équipements opérationnels et armement : radar, magnétomètre, torpilles, charges de profondeur, mines.